오빠생각
김 안 시집

문학동네시인선 009 김 안

오빠생각

시인의 말

더디게 말의 관절을 맞춰왔습니다.

여기에 실린 글들은 차라리 사람이 아닌 것이 되고 싶었던 시절의 흔적들입니다.

*

시를 쓰지 않았더라면, 담배를 덜 피웠을 것이고 술도 덜 마셨을 것이고 돈은 조금 더 많이 벌었을 겁니다.

*

한 해 한 해 지날수록 새롭게 느끼게 되는 감정들이 있습니다.

첫 시집을 내며 허허롭다는 감정을 배웠습니다.

*

읽고 쓰면서 인생을 버려가는 법만 배울까 두려웠던 적이 있습니다. 그리고 그 두려움마저 즐거웠던 적이 있습니다.

*

시인으로서의 이름을 지어준 나의 연인과

몇 명의 얼굴을 떠올려봅니다.

*

좋은 시인이 되는 것은 좋은 아들이 되는 것과 동의어가 아니기에,

늙어가는 부모님께, 죄송한 시집입니다.

*

2011년 9월

김 안

차례

1부

서정적인 삶

　당신은 나를 향해 몸을 벌려요 나는 그것이 사랑이 아닌
것을 알고 있지만 어느새 내 얼굴은 녹색이 되어요 당신이
몸을 벌리면 파르르 서리 낀 창이 흔들려요 방 전체가 하얀
서리들로 가득 차요 밤이 거짓말을 하기 시작하고, 당신의
벌어진 몸에선 노래가 흘러나와요 나는 이 노래를 알고 있
지만 아무리 불러도 첫 소절로만 돌아갈 뿐이에요 나는 이
노래의 끄트머리에 뱀과 쥐들, 개와 파리들이 가득하다는
것을 알고 있어요 나는 당신의 노래를 움키고 당신의 푸른
질 속으로 손을 집어넣어요 온갖 은유를 만져요 제발 나를
안아주세요 베어 먹지 않을게요 제발 나를 안아주세요 베어
먹지 않을게요 당신은 사려 깊은 장님이 되어 내 손을 빼내
어 당신의 입안으로 넣어요 아직 나의 고백은 끝나지 않았
는데 당신의 입안에서 내 손이 사라져요

유리 동물원

그대 앞에 실핏줄 같은 파란 길들이 놓여 있습니다. 그대가 침묵처럼 고개를 들자 그 길들이 그대를 향하여 고개를 숙입니다. 그대는 나를 업고서 그 길을 천천히 내려갑니다. 나는 그대의 가슴속에 손을 넣습니다. 새파랗게 언 손을 녹이고 있습니다. 내가 그대의 작고 둥근 가슴을 주무르면 그대의 가슴에서는 음악이 흘러나옵니다. 내 손에 그 음악이 묻습니다. 나는 그대의 등에 얼굴을 파묻고 우어우어 울고 내 등은 그대의 시선처럼 경련합니다. 그 길로 계절이 없는 바람이 불어오고 돌멩이는 몰래 등을 떨고 있습니다. 내가 마른 양팔을 벌려 날갯짓을 하면 내 손에서 넝쿨 같은 음악이 피어납니다. 나는 그 어두운 음악 속에서 그대를 볼 수 있습니다. 그대가 새의 눈으로 나뭇가지 끝에 앉아 나를 기다리고 있습니다. 나무가 검고 가느다란 가지를 뻗어 그대의 시선을 제 몸속으로 파묻는 것을 바라봅니다. 하늘은 새파랗게 질려 둥근 눈송이를 떨어뜨립니다. 나는 음악 속으로 뛰어들어갑니다. 곡마단 원숭이처럼 나무 위로 뛰어올라가 조용히 쭈그려 앉습니다. 마른 등어리 위로 죽음같이 평화롭게 하얀 눈송이가 쌓입니다. 나무와 내가 새파랗게 얼어붙기 시작합니다.

가위 소리

1

　가위로 가득 찬 가방을 들고 그는 어두운 술집에 들어온다 그는 가방에서 가위를 꺼내 공중으로 던진다 수많은 가위들이 그의 하얗고 가느다란 손을 빠져나가 빙글빙글 허공을 날기 시작한다 공중에서 선회하는 가위를 보며 그가 웃는다 가위들이 빙글빙글 공중을 날아다니고 창밖으로는 마지막 기차가 하늘로 날아간다 술 취한 사내들이 박수를 치며 환호성을 지른다 철커덕 철커덕거리며 공중을 나는 가위들의 은빛 날에 고여 있던 빛이 터질 적마다 꺄르르 꺄르르 은밀하게 숨겨져 있던 아이들의 웃음소리가 터져나온다 창밖으로는 어느새 폴폴 눈이 내리고 있다 아침이 되자 술 취한 사내들의 머리들이 제자리에서 통통 뛰고 있었다

2

　아이들은 가위를 들고서 자르기 시작했다 장롱을 자르고 식탁을 자르고 책상을 자르고 침대를 자르고 집을 자른 아이들이 밖으로 나와 집이 없는 아이들과 함께 거리를 자르기 시작했다 가로등을 자르고 다리를 자르고 자동차를 자르고 간판을 자르고…… 퇴근을 하던 그는 잘려져 나간 거리를 보고 깜짝 놀랐다 그는 당황하면서 주위를 둘러보다가 하수구 속에서 파이프를 자르는 아이들을 보았다 그가 아이들에게 버럭 소리를 지르자 아이들은 파이프 속으로 사라졌다 그는 아이들이 놓고 간 가위를 가방에 넣으며 혼란스러

워했다 그는 비틀거리면서 술집으로 들어섰다

3

가위는 빙글빙글 돌면서 노랑나비가 되고 빙글빙글 돌면서 분홍 꽃이 되고 빙글빙글 돌면서 포도송이가 되고 빙글빙글 돌면서 풀밭이 되었다 사내들은 황홀해하며 풀밭에 누워 포도송이를 먹으며 웃기 시작한다 꽃향기가 사내들을 감싸 안았고 노랑나비가 쉴 새 없이 술 취한 사내들을 선회한다 사내들이 풀밭에 둥그렇게 모여 술을 마시며 노래를 부르다 하나둘씩 잠이 들자 술집의 수도관에서 아이들이 나오기 시작한다 꺄르르 꺄르르 웃으며 나오기 시작한다

하얗게 기쁘게

하얗게 기쁘게 눈이 내리네 눈을 맞은 사람들은 붉은 화상을 입은 채 하얗게 기쁘게 내리는 눈을 피해 지하계단으로 뛰어드네 눈은 하얀 연기를 내며 녹아내리고 지하계단 속 몇 개의 눈빛이 어둠에 삼켜지네 나뭇가지는 연신 파랗고 싱싱한 잎새를 피워내네 나무 속에 죽어 있던 아가가 시퍼런 손등을 내미네 시퍼런 손등 위에 하얗게 기쁘게 내리는 눈이 소복이 쌓이네 은밀한 웃음이 터져나오네 윤곽을 잃어버린 여자가 비명을 지르며 뛰고 있네 서둘러 서둘러 지하계단으로 들어가지만 윤곽 없는 얼굴에 눈빛 하나 얻은 채 쫓겨나네 하얗게 기쁘게 눈이 내리네 눈빛만 남은 여자가 나무에 다가가 아가의 손등 위에 소복이 쌓인 눈을 핥아먹으며 시퍼런 손등 위에 입맞춤하네 하얗게 기쁘게 내리는 눈 속에 나무가 몸을 벌려 여자를 삼키네 윤곽 없는 잎새가 은밀하게 흔들리고 하얗게 기쁘게 터져나오는 웃음을 참을 수 없네

운동회

　운동회 날이었다 하얀 체육복을 입은 아이들이 줄다리기를 하고 있었다 나는 팬티만 걸치고 있었다 엄마는 왜 오지 않을까 나는 온종일 철봉에 매달려 있었다 줄다리기는 팽팽했다 개 한 마리가 철봉 아래에서 다리를 쳐들고 오줌을 누고 있었다 나도 그 개 뒤에서 다리를 쳐들고 오줌을 누었다 내가 일어나도 개는 계속 오줌을 누고 있었다 오른발로 개의 엉덩이를 뻥 찼다 개가 내 오른발을 물고 도망쳤다 줄다리기는 계속되고 있었다 나는 철봉 기둥에 기대어 앉아 교과서를 꺼내 들었다 돋보기로 검은 글자들을 태우고 있었다 텁텁한 글자의 재를 먹었다 남은 종이 쪼가리를 잘게 찢어 머리 위로 뿌렸다 종이 쪼가리가 이빨이 되어 투두둑 떨어졌다 이빨들이 구더기가 되어 팬티 속으로 들어오고 있었다 엄마는 왜 오지 않을까 아이들은 온종일 줄다리기만 하고 있었다

소나기

불가능한 체위에 대하여 너는 이야기한다. 그때마다 너의 얼굴은 희디흰 빛을 발한다. 몽블랑을 덮은 눈처럼 너는 늘 경쾌하게 그것을 요구한다. 하지만 그것은 불가능하다. 내게도, 네게도. 하지만 너의 눈은 설명할 수 없는 사건들로 가득하다. 희롱당한 여자가 울고 있는 지하철 안에서 너는 태연하게 그것을 요구한다. 나는 사춘기고 너는 막대사탕을 빨고 있다. 그 반대일 수도 있지만 적어도 우리는 그것이 불가능하다는 것쯤은 알고 있을 때이다. 가끔 창을 넘어온 삼촌들이 면도 안 한 턱을 너의 볼에 부빈다. 너는 얕은 고함을 지르고 나는 구석진 너의 서랍 속에서 덜컹거리는 창의 진동을 느낀다. '바보! 바보!' 귀에 젖은 네 고함 소리가 아득하게 들려온다.*

* 황순원의 「소나기」에서.

파란 밤

  우리는 목소리만 남았다. 우리의 목소리에는 너의 호흡과 앞집 창부의 교성만 남았다. 우리는 늘 서로를 잃었다. 야채처럼 솟아나는 음악들. 때론 너무 많은 악기가 우리에게 있다. 파아란 파란 밤이다. 구부정한 어깨의 늙은 갖바치가 너의 문을 두드린다. 너가 문을 연다. 우리는 느낀다. 우리를 숨 쉬는 밤을. 부서진 지붕을 떠도는, 창문을 때리는 밤의 언어를. 밤의 언어의 횡포를. 창부는 브래지어를 풀며 퀭한 눈으로 나를 쳐다본다. 창부의 턱에서 수염이 자라난다. 밤의 언어를 뒤집어쓴 우리의 음성은 왜곡된다. 너와 창부의 비명이 터진다. 뼈와 공기뿐인 비명. 퍼런 녹이 슨 창부의 음문 속으로 나는 들어간다. 너의, 창부의 몸속으로 밤이 퍼진다. 파란 공기에 휩싸인 물기 없는 창부의 얼굴이 가볍게 일그러진다. 너가 눈을 감는다. 거리가 개처럼 짖는다. 내가 눈을 감는다. 파아란 파란 밤이다. 너무 많은 악기가 개처럼 짖는다. 우리의 썩은 몸에서 야채처럼 음악이 솟아난다.

북극의 연인들

검고 차가운 숨을 내쉬며 열차가 달린다 짐승처럼 울면서 달린다 철로 위로 끈적한 침을 흘리며 달린다 울음소리에 창이 출렁인다 열차의 숨에 오후 두 시는 질식된 채 새파랗게 쓰러진다

밤낮없이 달리는 열차 밤이면 우리는 이불을 뒤집어쓴 채 귀가 없는 사람이 된다 차가운 이불 속에서 서로의 뺨을 만지며 달리는 열차를 느낀다 기관사는 끊임없이 열차의 아가리 속으로 얼음 덩어리를 집어넣는다 열차는 굶주린 공룡처럼 울어댄다

울음소리에 창이 하얗게 질려 얼음을 토해낸다 방은 창이 토해낸 얼음으로 가득 눈이 부시다 우리는 하얗게 눈을 뜨고선 열차의 울음을 바라본다 온몸에 고드름을 단 기관사가 기진맥진하여 열차의 창밖으로 상반신을 늘어뜨린다 그의 머리카락과 손끝에서 고드름이 자라난다 차갑게 빛나며 고드름이 춤을 춘다

갸르릉 갸르릉 열차가 슬피 노래한다 우리의 뺨에 가는 금이 가기 시작한다 우린 서로의 뺨을 움켜쥔다 가슴속에서 자라던 비명이 파랗게 서로의 손을 물들인다

언어들

당신은 나처럼 어리석어요 당신의 마음은 내 누이의 남편 같아요 밤이 퍼지면 당신은 마그리트의 신발을 신고 변기 속으로 들어가요 수면 위엔 야릇한 파동 흔들거리는 형태 없는 언어들 당신의 언어는 어린아이 같아 범하고 싶어요 어젯밤 꿈에 당신의 언어와 나의 언어가 근친상간을 했어요 사방에서 터지는 질펀한 기억의 대포알들 속에서 근친상간 중인 언어들 음탕하게 가랑이를 벌린 언어들 퉁탕거리는 마룻바닥 삐걱거리는 침대 시트 당신은 언어의 항문에 손가락을 넣어본 적이 있나요? 조여드는 언어의 항문을 느껴본 적이 있나요? 그 속은 깊고 어둡고 사랑스럽고 싱싱해요 낮에 선포되는 언어들은 모두 늙어 이빨 빠진 창부 같아요 오오, 아무것도 모르는 당신 나처럼 어리석은 당신 내 누이의 남편 같은 당신 밥은 먹고 사나요? 대체 어디로 먹나요?

입춘

그녀의 입술은 동그랗다
그녀의 입술은 파랗다
그녀는 훌라후프를 돌리고 있다
그녀는 무한한 시간의 노래를 부르고 있다
산 너머 불어온 바람은
작은 조약돌을 들어올리고 있다
조약돌은 허공에서 시간을 벗어내고 있다
그녀는 훌라후프를 돌리고 있다
그녀는 노래를 부르고 있다
그녀의 노래 속에서 박쥐 몇 마리 날아오르고
지천에 꽃이다
불이다
입구에 앉아 있는 아이들이
애벌레 모양의 젤리를 삼키고 있다
따뜻한 뱃속에서 동그랗게 웅크려 있다
배꼽을 뚫고 날벌레 몇 마리 날아오른다
그녀의 동그란 노래를 타고
뛰어오른 개구리의 등에는 불길이 솟고 있다
개구리가 뱀의 혀를 날름거리며
날벌레 몇 마리 삼키고 있다
그녀는 훌라후프를 돌리고 있다
입구에 앉아 있는 아이들이
개구리의 뒷다리를 찢어 먹으며

바라보고 있다
그녀의 동그란 입술에서
물고기 몇 마리 튀어나온다
입구에 앉아 있는 아이들이
뱀의 혀를 날름거리며
물고기를 향해 날아오른다

흔들리는 구름*

우리는 아무렇지 않게 그 짓을 했지요 당신의 항문으로
들어간 검은 구름이 내 입 밖으로 나왔지요 나는 좀더 당신
을 알고 싶어 당신의 구멍 난 일기장을 털었지요 일기장에
선 샛노란 오줌이 튀었지요 나는 미간을 찌푸리고서 부끄
럽게 동그랗게 입을 벌렸지요 퍼내도 퍼내도 끝없는 당신
나를 채워주세요 가득 차오르게 해주세요라고 당신의 일기
장 귀퉁이에 적었지요 우리는 아무렇지도 않게 그 짓을 했
고 당신이 내 이름을 부르면 늘 내 귀가 떨어졌지요 귀를 들
어올려 창백한 햇살 쏟아지는 창에 대면 꿈틀꿈틀 검고 긴
음악이 흘러나왔지요 그 음악을 듣다보면 오줌이 마려웠지
요 나는 배배 다리를 꼬고 음악이 끝나길 기다리지요 일기
장의 구멍에서 당신이 나오지요 나를 채워주세요 퍼내도 퍼
내도 끝없는 당신 당신은 작고 노란 손을 내 방광 속에 집
어넣지요 당신의 손가락은 물고기가 되어 내 방광 속을 유
영하지요 음악은 음악은 내 입으로 들어가 당신의 항문으
로 나오지요

* 차이밍량의 〈흔들리는 구름 The Wayward Cloud〉, 2005.

쟈끄

하나님과 가까운 지붕에 고아인 듯한 아이가 서 있었다. 고깔모자를 쓰고 제 고추를 만지작거리며 서 있었다. 골목 길에서 검은 젖가슴의 아이들과 꼿꼿이 선 검은 고추의 아이들이 쏟아져나왔다. 출렁이고 덜렁이는 햇살, 평화스러운 햇살이 쏟아져내렸다. 늙은 교회 창이 버럭 소리를 질렀지만, 소녀들은 아내가 되어갔고 부모들은 발정이 났다. 하나님과 가까운 지붕에 고아인 듯한 아이가 서 있었다. 고깔모자를 쓰고 제 고추를 만지작거리며 서 있었다. 늙은 교회 창이 덜컹였다. 축복송이 시작되었다. 하지만 나는 네가 맛이 없는걸. 하지만 나는 나도 맛이 없는걸. 지루하고 불쾌한 선율이 쏟아졌다. 아이가 양팔을 벌리자 아이의 고추가 물고기가 되었다. 팔딱이며 하얀 노래를 불렀다. 하나님과 가까운 지붕에 고아인 듯한 아이가 서 있었다. 고깔모자를 쓰고 양팔을 벌리고 서 있었다. 골목길에서 노래를 부르며 물고기들이 쏟아져나왔다. 팔딱이는 햇살이 늙은 교회 창 안으로 튀었다. 출렁이는 하얀 햇살에 잠겼다. 하나님과 가까운 지붕에 고아인 듯한 아이가 서 있었다. 입을 벌리면 하나님의 성기가 느껴졌다. 무한한 색깔이었다.

보뷔뉴에서 온 사람*

나는 끝없이 끝없이 침묵으로 나의 이름을 덮는다. 더이상 내게 아무런 이름도 존재하지 않고, 동시에 내게 수많은 이름이 존재한다. 나는 알뱅이 가르쳐준 방법으로 입술을 동그랗게 모으지 않고도 휘파람을 불 수 있다. 이 음률은 입술의 모양을 닮아, 아주 얇은 칼날이 되어 나뭇가지를 베어낸다. 새들이 날아가고, 새들을 쫓아 계절을 담은 바람이 세계를 빠져나간다. 가장 중요한 사실들은 문장으로 기억되지 않는다. 그것은 하나의 단어와 단어로 기록되고 그것들의 차이가 기억의 형태가 된다. 그리고 이 단어들이 내 이름이 된다.

나는 그대의 이름을 불러 그대의 창을 연다. 그대는 창으로 고개를 내밀고 얼어붙은 개구리 알이 주렁주렁 달린 그대의 머리칼은 담벼락에 달라붙어 흐느적거린다. 겨울의 가면을 쓴 바람이 얼어붙은 개구리 알을 내 입속으로 떨어뜨린다. 나는 입술을 동그랗게 벌려 그대의 개구리 알을 부드러운 혓바닥 아래로 묻는다. 나는 아무런 발음도 하지 못한다. 나는 칼날처럼 입을 다물고 휘파람을 분다. 부러진 나뭇가지의 잔상 위에 앉아 있는 유령들의 모가지가 떨어진다.

그대는 내 휘파람 소리에 열쇠 구멍에 입술을 대고 나의 기억들을 고백한다. 내 휘파람 소리에 그대의 입술은 내 입술과 포개어지고 나는 문을 통과해 그대의 하얀 배를 쓰다

듣어준다. 당신 실은 아무것도 모르는 소녀였군요. 그런데 당신의 온몸에 새겨진 이 단어들은 뭐죠? 이건 전부 당신의 이름이에요. 당신의 아름다운 이름이에요. 나는 내 이름들을 모두를 받아들인다. 동시에 나는 끝없이 끝없이 침묵으로 나의 이름을 덮는다. 더이상 내게 아무런 이름도 존재하지 않고, 동시에 내게 수많은 이름이 존재한다. 나는 휘파람을 분다. 날갯죽지에 계절의 흔적을 묻힌 새들이 다시 날아오고 나무가 벙어리 소년처럼 자라난다.

* 장 지오노의 동명 소설에서.

불두화(佛頭花)들

백당나무 가지 위로 두 마리 새가 음란하게 앉습니다. 우리는 서로를 바라보며 묻습니다. 우리는 몇 명일까요. 우리는 왜 서로의 손잡이를 비틀기만 할까요. 새의 얼굴을 하고 새의 목소리를 내도 우리의 날개는 호박오가리에 불과합니다. 우리의 침통하고 헐벗은 굴뚝이 하나님의 입김을 뿜어낼 때면 우리는 서로에게 이르는 구멍을 달라고 기도합니다. 한 마리 새 위에 한 마리 새가 올라타 퍼드덕거립니다. 바짝 모가지를 빼고 힘껏 주둥아리를 벌립니다. 우리는 새의 다리를 분지르고 새의 날개를 짓찢습니다. 쏟아지는 햇빛 속에서 새가 노래하고, 우리는 백당나무 가지 아래에서 서로의 손잡이를 비틉니다. 호박오가리 같은 날개를 퍼득이며.

성모송

　장님이 눈을 뜨는 밤입니다. 우리가 죽어가야 할 밤입니다. 당신은 살아 있는 사람처럼 누워 있습니다. 나는 순한 개처럼 당신의 둥근 배 위에 눕습니다. 멀리 당신의 방에서 웃음이 터집니다. 꺄르륵, 꺄르륵. 당신이 나를 껴안습니다. 당신의 품속에서 내 성기는 날개 없는 새가 됩니다. 당신은 작고 하얀 손으로 내 날개 없는 새를 뽑아듭니다. 새의 항문을 작은 입술에 대고 뿌우뿌우 바람을 붑니다. 입술 없는 노래가 터집니다. 탐탐북을 울리는 밤의 악대가 태어납니다. 당신의 손에서 날개 없는 새가 노래하며 날아오릅니다. 당신의 몸은 수만 갈래의 어두운 골목길이 됩니다. 새가 노래하며 그 골목을 납니다. 나는 탐탐북을 칩니다. 빙글빙글 돕니다. 나는 하나이고 둘입니다. 당신은 어머니이고 처녀입니다. 새가 노래합니다. 당신의 하얀 허벅지 사이에서 날개 없는 새들이 쏟아집니다.

글루미 선데이(Gloomy Sunday)

어느덧 나는 질문이 많은 나이가 되었어요 나는 당신에게
서 내가 살아 있는 꿈을 꿔요 일요일은 피곤해요 당신은 내
내 자고 나는 당신에게서 꿈을 꿔요 매부는 코를 후비며 마
라톤을 보고 있어요 내가 질문을 할 때마다 매부는 빨간 손
을 내밀어 내 성기를 움켜쥐곤 해요 손이 두 개인 매부, 어
느덧 나는 질문이 많은 나이가 되어서요 손 두 개로는 모자
라요 매부가 담배를 물고선 문을 열고 밖으로 나갈라치면
나는 부리나케 문을 닫아요 문을 손톱으로 긁으며 매부가
외쳐요 아직 꼬리가 다 나오지 않았잖아 이 쥐새끼 같은 녀
석아 매부, 매부, 매부 실은 그건 내 성기인걸요 이제 제발
그 손을 놔주세요 검은 장롱의 꽃들이 당신의 목소리를 하
고선 일제히 소리쳐요 이 쥐새끼 같은 녀석아 이 쥐새끼 같
은 녀석아 당장 안으로 들어오지 못해 매부의 손에 묻은 건
당신의 젖인가요, 내 정액인가요 내 성기가 끈적거려요 나
는 내가 살아 있는 꿈이 싫어 당신에게서 빠져나와 장롱 속
으로 들어가요 그러자 당신은 내 꼬리를 붙잡고 소리쳐요
이 쥐새끼 같은 녀석 어딜 도망가니! 아아, 모두들 죽어 있
는 일요일은 피곤해요

거의 모든 아침

거의 모든 아침 당신은 어디로 가고 있는지 스스로도 알지 못한 채 당신의 눈동자 속에는 침묵이 가득한 채 한 걸음의 높이로 떠다니는 가볍고 둥근 돌들이 당신의 하얀 발 위에 앉아 천천히 모래가 되어갈 때 당신이 바이올린처럼 작게 섬세하게 헛되고 아름다운 노래를 부를 때 거의 모든 아침 은 당신이었다가 당신이 아니었다가 음률에서 나온 투명한 불꽃은 나뭇가지를 두드리고 가볍게 나뭇잎 떨어져내리고 거미줄에 걸린 날벌레 하나가 고요히 날아오르고 거의 모든 아침들 속에서 당신이 내게 건네준 몇 개의 언어들이 선명 히 줄을 그으며 사라져갈 때 벽 속을 달리던 사내들이 당신 의 눈동자를 열어 당신의 시선으로 성냥불을 그을 때 거의 모든 아침은 당신이었다가 당신이 아니었다가 거의 모든 아 침 당신은 내게 존재하다가 존재하지 않다가

부활절

낡은 풍금 앞에 앉아 있는 소녀가 G마이너로 시작하는 찬송가를 치기 시작했다 G마이너가 예배당에 가득 찼다 소녀의 머리칼 끝자락이 은회색으로 변했다 오동나무로 만들어진 예수의 가슴을 열고 새들이 쏟아져나왔다 새들은 섬 기슭에서 덧없이 선회하듯 소녀의 작고 둥근 가슴팍에서 맴돌았다 오동나무로 만들어진 예수는 껍데기만 남아 펄럭거리며 예배당 바닥으로 떨어져내렸다 점점 이름 없는 아가가 되어갔다 배가 고파 으앙으앙 울며 소녀의 작고 둥근 가슴팍으로 힘껏 기어가고 있다 소녀는 이름 없는 아가를 향해 파아랗게 얼어버린 가슴을 꺼내주었다 아가의 끈적하고 뜨거운 침이 소녀의 언 가슴을 녹이고 있었다

늙은 목사가 육중한 예배당의 문을 닫고 있었다. 육중한 문을 잠그기 위해 허리를 감싸고 있던 열쇠 꾸러미를 풀었다 손에 쥐었다 열쇠들이 잘그락거렸다 열쇠 꾸러미가 늙은 목사의 손에서 벗어나 차가운 어둠 속에서 잘그락거리며 날아다녔다 늙은 목사는 어둠 속으로 손을 뻗으며 뛰기 시작했다 늙은 목사의 거대한 배가 출렁거렸다 어둠 속에서 이름 없는 아가들이 하얀 손을 뻗어 늙은 목사의 손을 잡아주었다 늙은 목사의 신발이 벗겨지고 늙은 목사의 몸은 날아올랐다 열쇠 꾸러미가 은회색 새가 되어가고 있었다 이름 없는 아가들이 늙은 목사의 바지를 벗겼다 깔깔거리며 늙은 목사의 성기를 탁, 탁, 탁 흔들어대고 있었다 G마이너의 찬

송가에 맞춰 리듬을 타고 있었다 탁, 탁, 탁 늙은 목사의 성
기가 육중한 예배당 문을 두드리고 있었다

오빠생각

당신은 나의 무덤 속으로 들어옵니다. 당신의 가슴이 발끝이 머리카락이 텅 비고 축축한 나의 무덤 속으로 들어옵니다. 당신은 나의 무덤 속을 가로지르는 빨랫줄에 옷을 널며 오돌오돌 떨며 오빠생각을 부르며, 당신은 나의 낡은 자전거를 고치고 나의 빈 상자를 정돈하고 나의 구멍 난 구두를 닦으며, 그렇게 당신은 나의 무덤을 키웁니다. 호호, 언 손을 녹이며 오빠생각을 부르며. 당신은 시장바구니를 들고 시장엘 갔다가 마을이 눈을 감을 때쯤 빈 바구니로 되돌아옵니다. 당신이 나의 무덤을 향해 방긋 웃자 나의 무덤에서 아름드리나무가 자라납니다. 나의 무덤은 거대한 눈이 되었다가 입이 되었다가를 반복하며 아름드리나무를 키우고, 당신은 아름드리나무로 목금을 만듭니다. 당신이 나의 손가락뼈로 목금을 두드리자 손가락뼈에 말랑말랑하고 연한 살이 생겨납니다. 목금은 갈빗대가 되어 부풀어오릅니다. 당신은 가슴을 열어 파랗게 얼어 있는 주먹만한 당신의 심장을 꺼내 목금 속에 넣고, 당신은 목금 위에 엎드린 채 눈을 감습니다. 당신이 오돌오돌 떨며 오빠생각을 부르면 빨랫줄에 걸린 옷들이 붉게 붉게 젖어듭니다. 당신의 등 위로 소복하게 눈이 쌓입니다. 붉게 타오르는 눈이 소복하게 쌓이고 소복하게 눈 쌓인 당신의 등 위로 내 무덤이 눕습니다. 당신이 나의 무덤 속으로 들어옵니다.

2부

동지(冬蜘)

밤이고
밤이면 길바닥마다 거미가 집을 짓는 계절이다.
나는 쭈그려 앉아 투명한 거미집을 부순다.
양손 가득 찢겨진 거미집을 묻힌 채
얼굴을 감싸면 달이 떠오르는 소리 들린다.
타원형의 긴긴 달이 떠오르는 계절이다.
아이들이 가슴팍에 부엌칼을 숨긴 채
숨 가빠 언덕 위로 뛰어올라가는 계절이다.
머리에서 달을 닮은 뿔이 자라나고,
술에 취한 가난한 아비들이 밤마다 거미집에 걸려 전화하
는 계절이다.
대체 여기가 어디인지 모르겠다는,
아비들의 목소리가 해가 뜨고 나서야 시반(屍班)처럼 퍼
지는 계절이다.
손가락 끝으로 거미의 배를 누른다.
거미는 몽당연필처럼 작아지고
손가락 끝이 파랗게 언다.
손가락이 솜사탕보다 맛나던 계절이다.
자꾸만 손가락이 없어지던 계절이다.
온종일 방이 없는 집에 웅크려 있던 사람들도
참괴(慙愧)하며 구름을 생산하는 계절이다.

버려진 말의 입

할 말은 많지만, 나는 입이 없습니다.
잠이 들 때마다 나는 내 입속으로 들어가
고인 말을 지우고 재갈을 물립니다.
내가 입을 허락하지도 않았는데,
아침마다 머리맡에 쌓여 있는 활자들은
모조리 당신을 향한 위장일 따름입니다.
출퇴근 버스처럼 터질 것 같은 옷을 입고
당신은 거울 앞에 앉아 점점 하얘져갑니다.
나는 벌거벗고 붉어서 밥 한술 뜰 수 없는데,
나날이 건강해져갑니다.
아버지가 덜 가난했기 때문입니다.
눈코입이 없어지고 나서야 만족한 듯 당신은 뒤돌아봅니다.
민둥민둥하여 입맞출 입조차 찾을 수 없는데도
나는 당신과 용케도 입맞출 수 있습니다.
웃기는, 유일한, 재주입니다.
오늘 밤 당신이 맛있는 걸 사주면 좋겠습니다, 라고
말하지 못한 것을 후회하며 당신을 마중합니다.
그런데 문이 닫힐 때마다 나는 왜 집 밖으로 쫓겨나 있나요?
어지간해서는 부끄러워하지 말아야 해서
양손으로 눈을 가리면, 나 혼자만 부끄러울 뿐입니다.
입안에 주어(主語) 없는 달짝지근한 말들이 고입니다.
벌거벗고 붉은 아침,
헤아릴 수 없는 당신을 태운 버스가 지나갑니다.

연인들

망령들이 모여 예배를 드리고 있어
우린 한참 동안 거닐지 않은 정원
딱딱한 심장과
목 잘린 망아지의 잔상
너의 혀는 눈 감은 물고기
나는 혀가 없는 목소리
망령들이 검은 찬송가를 펴들고 노래를 부르고 있어
세상에 나오지 않은 악기들
한 번도 울려본 적이 없는
음계들
음계들
네가 적어놓은 문장들
검은 찬송가에서
터져나오는 숨표들
주일(主日)을 싣고 떠나가는
저녁 기차를 타고
하얀 축복 속에서 사라져가는 망령들

예를 들면 소나기와 같이 당신은 삼 년 전에 죽었어요

당신의 눈 감은 물고기의 말
오백 년 동안
멀어지는 저녁 기차

오백 년 동안
사라지는 망령들

우리는 아무도 찾아오지 않는 오래된 정원
다 뜯겨진 가슴과
뼈다귀 끝의 흰빛
숨결이 없는 내 목소리

그보다 오백 년 전에 당신은 죽었어요

일천 마일의 거리와 일천 마리의 박새들*

* 프리데리케 마이뢰커의 「에른스트 얀들을 위한 레퀴엠」에서.

악흥의 한때

우리는 지붕이 없어
밤새 얼음이불을 덮고

너는 온종일
곤죽이 될 때까지
피아니스트의 손가락이
물비늘로 가득 찰 때까지
음악의 냄새가 날 때까지

내 손가락을 빤다

뭉텅뭉텅 무너진 벽에서 자라나는 송이버섯들을
아름답게 어두운 신(神)의 눈동자를

나는
너의 목소리를 만진다

너의 목소리가 새벽처럼 펄럭이는 소리
너의 목소리가 회임한 아낙의 배처럼 부풀어오르는 소리
너의 목소리가 하얀 거품이 되어 터지는 소리

너의 목소리가
얼음이불을 뒤집어쓰고 밤의 침묵 속으로 달려가고

몇 개나 남았을까

나는 나의 손가락을 헤아린다

버려진 말의 입

어젯밤 나는 내가 너무 좋았습니다
당신의 손자국이 붉게 흘러내리는 뺨을 감쌌더니 어느새
내 손은 당신의 손이 되어 내 목을 졸랐습니다 밤새도록
당신의 귀에 대고 소리를 지른다 해도
누가 내 입을 막겠습니까
이 입은 당신의 신비를 담는 가방이었습니다
가방 속으로 당신의 손을 넣었더니 내 손이 사라집니다
손이 사라지는 소리를 당신의 귓속으로 넣으니
가방이 부풀어오르고
나는 녹색이 됩니다
이것이 신비일까요 하지만
눈을 감았다 뜨는 매 순간마다
나도 늙고 당신도 늙고 세상은 간결해집니다
신비가 없으면
신(神)도 없고 세상도 없고 사랑 따위도 없습니다
가방은 텅 비겠지요
누구도 가난하지 않은 따뜻한 무덤이겠지요
당신의 발가락을 물면
내 입은 언제나 철썩이는 물의 살갗이었습니다 그저
당신이 물고기였던 때의 이야기일 뿐이지만요
나는 눈을 감습니다
내 방 안 가득 당신의 머리칼이 빛바래는 소리 이제
신비가 사라졌는데

내 손을 찾을 수 없는 것은 무엇 때문입니까 밤새도록
당신의 신비는 부풀어오르고
가방 안은 내 머리들로 가득해 텅 비어갑니다
어젯밤 나는 내가 너무 좋았습니다
좋은 아들, 좋은 남편, 혹여나 좋은 아버지
나는 온갖 좋은 것이었습니다
이제 누구의 것인지 모를 코끝을 치켜올리고
열락의 노래를 부른다고 해도
누가 내 입을 막겠습니까
이 입은 당신의 신비를 담는 가방이었습니다
이 손이 누구의 것이든 무슨 상관이겠습니까
이제 이 목도 나의 것이 아니고

수간(水間)

물고기처럼
썩어가는 열매처럼
말랑말랑해지는 몸
시체를 흉내 내다 시체가 되어버린 아이들의 팔다리처럼
방 안 가득 흘러내리는 몸
그 몸속에 살고 있는 물고기
당신이 부탁했던 물고기들
미안합니다
실은 서로가 서로를 잡아먹을 때까지 물고기를 굶겼습니다
이제
인간은 흙으로
물고기는 물로
마치
쓰여지는 동시에 지워지는 문장처럼
혀끝에서 말이 되기를 거부하는 먹먹한 말처럼
가령
손가락에 상처가 나고서야 손가락을 찌르는 창백한 칼
방을 찢으며 유영하는 칼처럼
칼을 타고 흘러내리는 피톨처럼, 내 몸처럼
내 몸이 흘러가는 곳
끝없이 지연되는 밤과 낮의 접합공(孔)처럼
끝없이 퍼지는 허기의 비린내처럼
부드럽고도 처참한

기억 속에서조차
팔다리가
점점 더
멀어져갑니다

버려진 말의 입

사는 것을 미루며 누워 있으면
팔방(八方)의 벽 속에 갇힌 당신의 푸른 눈이 천천히 뒤집히는 소리
그것은 아름다운 밀어(密語)입니다
그 말을 거꾸로 발음하면
말의 끝, 나의 입속으로
강인한 턱과 이빨, 부드러운 혀의 연대;
당신이 키웠던 짐승들이 들어옵니다
문 없는 방을 저회(低回)하고 있습니다
무섭지 않으면 아픕니다
아프지 않으면 무섭습니다
트랑센 같은 눈동자로 나를 바라보는 엄마가
나를 사랑하는 이유 따위는 없습니다
하지만 이유 없다 말하는 순간
그것은 유리 조각입니다
붉은 화문(花紋) 피어난 육체의 진열장입니다
이 시체들을 어떻게 해야 하나요
당신의 짐승들을 파묻기 위해 벽을 열면
열려진 벽 밖에는 땅을 파는 인부들
여기서 땅을 파면 어느 나라 땅바닥이 나올까,
인부들의 내기가 드잡이로 바뀌는 동안
내 손톱은 거꾸로 자라납니다
엄마의 온몸이 눈동자가 됩니다

더이상 나눌 말들이 남아 있을까요
대체 여기서 땅을 파면 어느 나라 땅바닥이 나올까요

버려진 말의 입

날이 갈수록 창문이 작아져 일기장에 구멍을 뚫는다.
언제 깨질지 모른다. 흉금을 헤치고 나오는
수면(獸面)들이 거울 앞에서 출렁거리는 것은
누군가 사람 가죽을 뒤집어쓴 짐승을 낳았기 때문이다.
당신과 나의 비명이 만든 입을 생각하며
그 입으로 밤새 서로의 비명을 삼키던 날들을 생각하며
책상 아래로 들어가 숨을 참으면 등이 부풀어오른다.
언제 터질지 모른다. 언제나 언제, 가 중요하지만
언제고 그 입 밖으로 나오는 것은 환희의 음이 아니라
차라리 길고 검은 털 수북한 지네에 가까웠다.
작게 웅크려 떨고 있는 당신의 차가운 손을 잡았을 때.
당신과 나의 등에서 헤아릴 수 없는
수많은 터럭들이 자라나는 소리 들렸다.
언제 막힐지 모른다. 하루가 지나면 창은 더 작아질 것
이다.
　창밖으로 손을 내밀면 당신의 혀가 느껴진다. 당신의 말은
시즙(屍汁). 손에 스미다 움키는 동시에 증발한다.
　당신의 혀가 지네처럼 당신의 목구멍 속으로 기어들어
갈 때,
　마침내 창은 사라지고 나는 책상 아래로 들어가 일기장의
구멍을 넓힌다.
　일기장 구멍 속에 손을 집어넣어 비명을 만진다.
　언제 마를지 모른다. 눈을 감고 손가락을 핥으면

흉금 속으로 버려진 말들이 스미지만,
아주 깨끗하군요. 이제 더이상 당신이 들리지 않습니다.
일기장 속에 팔다리를 집어넣는다.
부풀어오른 내 등을 깨고 낯모를
수면이 쏟아져나온다.

버려진 말의 입

그날,
당신의 표정 뒤 버려진 말들은 이제 누구의 유령입니까?
화투 점 치던 할머니의 목소리처럼
당신의 말은 멀고 아득해 나는 늙습니다.
당신을 알아볼 사이도 없이 내 물고기를 죽인 것은 누구
입니까?
그때처럼
내 방은 당신의 매음굴,
이라 말하면 꿈도 잠도 얼어붙어 나는 사는 곳마저 없습
니다.
이 거울은 안개의 피부가 됩니다.
거울 속으로 죽은 물고기들을 던지면
왜 난 배가 부르고
왜 난 영영 할 말이 없어집니까?
맞습니다.
창밖은 헤어진 애인이 자꾸만 예뻐지는 계절입니다.
늘 싸우기만 했던 짝지들도 예뻐지는 계절입니다.
하지만 내 안
당신의 목소리가 멀어 당신의 기억마저도 늙는데,
이 모든 질문과 답이 왜 모두 나에게서만 나옵니까?
밤하늘에는 세상의 모든 주검들이 접시처럼 떠돌고,
도시의 이름은 자꾸만 바뀌고,
밤새 주소도 전화번호도 없는 순례자의 혀에 골몰할 때,

거울 뒤편 이목구비 외따로 흐르는 것은 무엇 때문입니까?

왜 저마다 서로 다른 말을 머금고 있습니까?

이제 그것들은 누구의 유령입니까?

영영

나는 두 개의 입이 있는 풍경입니다.

시(詩)

당신이라는 장르가 만든 내장의 숲에는
온통 접붙은 나무들뿐입니다.
하지만 이곳이 너무나 익숙하기만 해서
내 배를 찢고 인면(人面)이 솟을 것 같습니다.
인면이 입 벌리면 붉고 싱싱한 풀이 쏟아질 것 같습니다.
뱃속에 사람 머리 하나 담겨 있으니
더이상 주리지 않을 텐데
나는 여전히 배곯고 비루먹은 질긴 개만 같습니다.
고개를 들면 하늘엔 백혈구 빛나며 흐르고.
이 붉고 싱싱한 풀을 씹어먹으면,
자꾸만 혀가 갈라집니다.
팔다리가 멀어져갑니다.
내장의 숲 나무들마다 내 팔과 다리가 자라납니다.
곰팡 슨 채 끊어진 시윗줄 되어 늘어져 있습니다.
그것은
이제 나의 가죽 속으로 들어가라는 당신의 전언입니다.
하지만
숲을 벗어나면
노동하는 동물들뿐인 비굴한 밥의 세계는 말합니다.
이제 너의 가죽 속으로 들어가라고.

버려진 말의 입

이 육체는 언제부터 쓸쓸해졌을까
나는 꼭 식물만 같고
이제 곧 박쥐들의 시간이다
한때는 서로가 키우던 짐승들을 나눠 먹으며
밤새 입의 십계명을 새겼지만
이제 당신이 말해질 필요는 없다
하지만 여전히 당신이 죽고 당신이 다시 태어나는
이 입속에서
채 삼키지 못한 뼛조각들 쏟아질 때
당신은 어디에 있어
은행나무 열매 떨어져 터질까
코를 감싸쥐면
나는 다시 사람만 같고
밤새 뼛조각들 삼키다보면
그림자는 사라지고 육체만 남아
밤의 수포(水泡)들이 돋는다
나무가 나무만의 방식으로 검푸르러지는 사이
수포는 버려진 말로 부풀어오르고
수면(水面)에서 수면(獸面)을 울어
수면(水面)이 기면(嗜眠)이 될 때
나를 흔들어 깨우는 하얀 나뭇잎을 핥으면
나는 마치 식물만 같고

티라노사우루스

나는 썩고 싶다. 내 뼈는 시간을 달리고 싶다. 그러나 빌어
먹을 겨울의 병든 항문은 좀처럼 다물어지지 않는다. 보라.
차갑고 기름진 눈들 속으로 사라지는 나의 부패를. 내 삼만
근의 심장에서 뿜어져나와 내 몸을 부풀리는 검은 피를. 나
는 썩고 싶다. 태양의 유령은 내 어깨에 앉아 백 년째 졸고
있고, 죄 없는 아이들은 밤새 내 유령을 빨고 있다. 내 근육
속으로 시간을 주사하라. 하여 폭설의 사막을, 사천 날의 밤
의 사막을 달리게 하라. 이 폭설의 시간을 달리게 하라. 나
의 부패는 너의 이빨 사이에 숨어 히죽히죽 웃고 있다. 얼음
바람을 탄 나의 부패는 너를 육식동물로 만들고 있다. 나를
달리게 하라. 가지의 세계에서 불가지의 세계로 나의 악몽
을 주사하라. 너의 악몽 속으로 나의 부패를 주사하라.

악흥의 한때

우리는 고개를 가로저으며 서로의 몸에 새로운 악보를 그
렸다

피아노 건반은 악보를 씹어 먹으며 피를 흘렸다

우리의 늑골에서 입 없는 벌레들이 쏟아져나와 변기 속
으로 들어갔다

변기는 온갖 악다구니들을 쏟아냈다

귀를 막으면 뱀이 된 혀가 기어나와 피아노를 삼켰다

우리는 혀 위에 악다구니들이 박았다

서로의 늑골을 울리며 벌레처럼 노래했다

우리는 고개를 가로저으며 서로의 몸에 새겨진 악보를 지
웠지만

밤은 곰팡이, 우리의 몸에서 떨어지지 않았다

버려진 말의 입

이제 이 집에는 방도 없고 가정도 없습니다.
그런데 왜 내 바지는 밤새 이곳으로 달려왔을까요.
햇살 쏟아져도 머리 위는 먹장입니다.
베란다에 만장(輓章)처럼 바지를 걸고 나섰는데,
나는 바지도 없이 걷는데,
아무도 날 돌아보지 않습니다.
왜 아직도 이 집에서
우리는
머리카락 칭칭 목에 감고 천장에 매달려 있을까요.
아침이면 아무렇지 않은 듯 부활하여
네발짐승 되어 육식을 할까요.
문 앞에 쭈그려 앉아 손가락을 빨면
베란다에 널려진 내 바지에서 먹구름 솟아오릅니다.
왜 온통 온통 하얀 비가 쏟아질까요.
온몸 가득 끈적하게 달라붙어
사지(四肢)를 녹일까요.
어젯밤 꿈에 나는 짐승과 사람 사이였는데,
네발 달린 사람이었는데,
아무도 내 등 위로 올라타지 않았고
걸을수록 발가벗겨졌습니다.
눈을 뜨니
바지도 없이 걷고 있습니다.
내 방과 당신의 방 사이입니다.

말[言]과 울음 사이입니다.
보세요.
아무도 먹지 않는 고깃덩어리입니다.

수음(獸飮)

온종일 누워 수염을 기르다
거울 앞에 서면
헤어진 애인들이 사산(死産)한 아기들이 보였어
그래
내 말을 키운 것은 배신(背信)
배신이 말을 키웠고
씌어진 말들은 번번이 실패했지
하루 종일 창문이 욕설을 내뱉고
이 방은 늘 이승보다 차가워
한때 이 방은
너의 환한 물이 흐르던 지옥이었는데
왜 내 입은 아직도 동물적일까
왜 여전히 내 지옥은 천국보다 환할까
내 주둥아리가 너의 물에 달라붙어 얼어버렸다면
내가 지옥보다 환해졌을까
너의 물에 내 입을 잘라놓았더라면
입 없는 노래라도 부를 수 있었을까
하지만
세상의 모든 인과(因果)들을 헤아려보면
나는 여전히 과(果)일 뿐이야
나는 또 누군가의 깊고 긴 무덤 속을 꿈꾸고 있지
흰 눈이 흰자위가 되어 내리는
이 지옥 속에서

관 속에 차오르는 물을 핥고 있지

긴 칼의 방

시체공시소에서 부검중 깨어난 사내에 관한 기사를 봤어. 기사를 읽는 동안 늑골 속에서 칼이 자라는 소리가 들렸지. 더 늦기 전에, 더 늦기 전에, 그래, 너에게 전화를 해 귀를 막고선 말했어. 난 네가 원하면 백만 년 동안 너와 잘 수도 있어. 이십대 때 나는 늘 지인들에게 말버릇처럼 술과 고기를 사달라고 졸랐지. 술과 고기를, 술과 고기를. 되뇌다보면 내 입은 짐승의 입과 다를 바가 없었어. 인간과 짐승의 차이를 알 수 없는 나날이야. 늑골 속에서 칼이 자라는 긴 칼의 밤, 이라 적고선 하루 종일 침대에 누워 추상명사를 일반명사로 바꾸면 의미가 말〔름〕을 피해 사라져. 그렇게 누워 편육(片肉)이 되어 제 엉덩이를 씹으며 육식을 하다보면 짐승들이 울부짖으며 도망치는 소리가 들려. 내 칼을 들고 내 늑골 속에서 뛰노는 건 누구일까. 봐, 천장과 방바닥이 달라붙고 있지만, 이미 기화된 두께. 난 이미 그림자가 되어버린 육체. 그리고 내 그림자를 저미는 긴 칼인 방.

알리바바

나를 명료하게 만들라. 사막의 두개골에 쌓이는 눈과 눈 속에서 일어난 메마른 뼈들이 내 뼈가 되도록 하라. 내 핏속에 숨어 있는 검고 뜨거운 피를 기억하라. 이곳엔 나보다 나쁜 얼굴이 없으므로 겨울은 머리를 풀어헤치고 창백한 비명을 지르고 암흑은 개처럼 울고 있다. 나의 눈을 삼킨 서늘한 칼과 태양. 겨울의 비명이 나의 온 구멍을 메운다. 아, 이곳은 가장 나이가 어린 세계. 나를 명료하게 만들라. 뼈만 남은 어깨, 지워지지 않는 발자국을 기억하라. 바람 소리. 낙타 소리. 죽은 낙타의 배를 부풀리는 바람 소리. 징징 울고 있는 칼의 소리. 나의 얼음 같은 증오를 보라. 내 적의 칼을 기억하라. 내 심장에 남겨진 칼의 야릇하고 차가운 진동을 기억하라. 검은 털이 달린 나의 분노를 기억하라. 죽음은 발기된 채 눈을 감았고 이곳엔 나보다 나쁜 얼굴이 없으므로 나는 지옥보다 검게 웃는다. 너는 어디 있는가. 너의 말은 어딜 향해 달리고 있는가. 나, 머리가 백 개 달린 암흑. 존재의 가마솥이 들끓는다.

악흥의 한때

벗어놓은 양말이 팽팽해진다

우리는 서로의 손가락을 마디마디 뜯어 먹고
창밖으로 점점이 찍히는 부호(符號)들을 바라본다

하늘은 죽어 있고
귀가 날개인 나비가 부호들을 삼킨다

커튼이 머리칼처럼 자라나
우리의 몸을 친친 감싼다

우리의 귀가 열린다

눈동자가 터지고 뒤섞이는 소리
뼈가 부서지는 소리
검은 연기를 토해내고 검은 물을 흘리는
가죽 부대의 비명—

도마처럼 딱딱한 침대 위
벌레 다리들이 꿈틀거린다

벗어놓은 양말이 허공을 달린다

유령들

　종종 우리의 비명은 벽 속에 갇혀버립니다 그런 날이면 알
뱅, 벽은 둥글게 기울어져 방 전체가 거대한 입술이 됩니다
방의 휘파람 소리가 터져나옵니다 알뱅, 우리는 우리의 비
명이 왜 휘파람에 불과한지 이해할 수 없습니다 하지만 그
것과 상관없이 칼의 옆구리에서 터지는 빛의 소음처럼 바람
의 이빨은 밤을 물고선 오늘도 미친 듯 몰려옵니다 하얀 지
붕에 부딪혀 환한 리듬이 됩니다 둥근 방이 우리의 비명을
완벽하게 연주합니다 알뱅, 우리는 휘파람 속에 살고 있는
유령들을 알고 있습니다 그들과 함께 우리는 하얀 배를 드
러내놓고선 비명의 춤을 춥니다 춤을 출 때 우리는 마치 사
람 같습니다 알뱅, 당신의 유령을 우리에게 나눠줄 수 있나
요? 창밖에는 우리를 닮은 익사체들이 떠다니고 있습니다
그들은 말합니다 오늘도 친구를 사귀지 못했는걸 알뱅, 당
신의 굳센 손을 우리의 하얀 배에 올려줄 수 있나요? 그 손
으로 우리의 배를 갈라 당신이 우리의 헐린 자궁 속으로 들
어와줄 수 있나요? 우리는 모두 동그래져서 당신의 휘파람
을 불고 싶습니다 그러나 알뱅, 당신은 말하겠죠 빨래건조
대에 널려 있는 우리의 속옷을 만지작거리며 결정적으로 너
희들은 아직도 사람처럼 보여

3부

북가좌동

　할아버지가 손자의 팔을 들고 산책을 하고 있었다 햇빛이 찬란한 정오였다 주머니에서 잘려진 비둘기 발을 꺼내 우둑우둑 씹어 먹고 있었다 다운증후군에 걸린 고물수집상 청년이 리어카 가득 가면을 싣고 가고 있었다 오늘은 횡재를 했다며 쾌재를 부르고 있었다 천변가에는 아줌마들이 뒤로 뛰어가고 있었다 뒤통수에 달린 큰 외눈이 꿈뻑일 때마다 정오와 자정이 뒤바뀌었다 짬이 난 버스기사들이 삼삼오오 모여 해바라기 꽃에 라이터 불을 붙였다 시뻘겋게 달궈진 해바라기 아래 몸을 녹이며 캭캭 동전을 뱉어냈다 성경책을 든 할머니들이 교회 지붕에 앉아 수제비를 먹고 있었다 성경책을 베고 누워 꺽꺽 구름을 뱉어내고 있었다 중국집 주방장이 관절염을 앓는 비둘기를 잡아 탕수육을 만들고 있었다 우걱우걱 탕수육을 먹은 자동차 수리공이 꾸부렁 노인이 되어 나왔다 제 그림자가 사라지는 것을 보며 웃고 있었다 햇빛 찬란한 정오의 북가좌동이었다 이상한 궁핍들이었다

설국(雪國)
―회(灰)

고향집이 어디인지 생각한 적 없습니다.
기억조차 없습니다.
맞아요, 콜타르 냄새 가득한 거리에서
아마도 엄마인 듯한 사람을 기다린 것
아름다운 추억이었습니다.
이해할 수 없다고요?
아마도 난 고향을 기억하지 못하니
태어난 적이 없던 것일 수도 있겠죠.
당신이 고향 마을의 지명과
어머니와 함께 외출하는 이장이나 목사를 향해 돌을 던
지던
작은 개천과 수풀을 이야기할 때,
나는 그저 아내 같은 애인과 파경 직전일 따름이었습니다.
창밖을 보세요.
누가 저렇게 많은 사람들을 가둬놓은 것인지 알 수 없습
니다.

겨울이 되면 나뭇가지와 뿌리를 구분하지 못합니다.
회색 눈에 뒤덮인 광장과
광장 가득 걸질러놓은 회색 깃발들, 펄럭이는 채로
얼어버린 회색 나무들
온통 회색이기 때문이죠.
회색이어야 살아남는 계절이니까요.

　그런데 애인은 전화를 받지 않습니다.
　어깨에 쌓인 눈 좀 털어드리지요.
　어지간한 부조리가 아니면 이 눈은 녹지 않습니다.
　나는 겨울이 되면 집에 들어가지 않습니다.
　녹아, 사라질 것만 같아서죠.
　녹지 않고 회색으로라도 살아야겠기에 이렇게 당신 앞에
앉아 있는데,
　그런데 이제 난 그 집의 가족이 아닐까요?
　애인은 전화가 없고,
　당신은 여전히 고향집에서 키우던 가축들을 셈하고 있습
니다.
　맞습니다. 가축 같은 사랑이었습니다.
　이 잔을 비우면 당신은 고향으로 가나요?
　나는 저 밖으로 나가 갇혀야 합니다.
　온통 눈을 뒤집어써야 합니다.
　그러지 말고 일병(一甁)만 더 하죠.

　맞아요, 당신은 부농의 자식이고,
　고향이라는 구심력은 부럽기 그지없습니다.
　그래요, 나도 이제 고향 같은 걸 만들어야겠습니다.
　눈을 뜨고 내 태몽부터 다시 꾸어야겠습니다.
　아, 저기 엄마인 듯한 사람이 건널목을 건너고 있군요.
　애인처럼 웃으며 손을 흔들어요.

이건 혹시 나쁜 기적인가요?

먼저 일어나겠습니다.

다음번엔 술에라도 벌게질 수 있는 사람으로 만납시다.

에리다누스

당신의 방으로 향하는 저녁 하늘에서
나는 수많은 구멍을 보았습니다
그 구멍 속에서 얼굴을 내미는
몇몇 사내와 여인들과
멋쩍은 인사를 나눴습니다

별이 반짝였습니다

몇 해 전 나는 죽은 적이 있었는데,
며칠을 누워만 있다가
작은 마분지 상자 속에서
고요히 숨 쉬고 있던
당신의 검붉은 젖꼭지를 입에 넣었습니다
주린 배를 채웠고
배는 젖물로 가득하고
하얗게 부풀어올랐습니다
그리고
나는 다시 태어났습니다

죽은 나를 업고 뻥대에 올라
작은 봉분을 만들어주었습니다
돌아서려는데 봉분에서
검고 깊은 열매가 달린

이상한 나무가 자라났습니다
검은 물을 튀기며
인면어들이
무한한 열매 속을 날고 있었습니다
바람이 불고
검은 노을이 펄럭였습니다
나뭇가지가 일제히 펄럭였습니다
통통
내 젖꼭지들이
아득한 뻘대 아래로 떨어졌습니다

허공에 걸려 있었습니다

입춘

그해 3월이 되자
이 땅에도 꽃이 피었지만
누런 곡풍에 꽃잎 말라붙고
꽃은 검은 구멍이 되어 흔들리고
철모르는 어린아이들이나
하는 짓이라고 타박하면서도
중늙은이들은
흔들리는 구멍 앞에 모여 앉아 있었다고

불거져오는 아랫도리를 감추며
글쎄 저 안에 두엄 더미가 쌓여져 있지 뭔가
글쎄 암장한 아비의 묘가 있지 뭔가
아니, 스란치마 사그락거리는 소리가 들리지 뭔가
하는 식의 고백은 하지 않았지만
그들은 어느새
어린아이의 투명한 눈동자로 깜박였다고

어느 날인가는
기저귀만 찬 중늙은이 몇이 거리로 나와
지나가는 아낙네들에게 젖을 달라 생떼를 쓰기도 했지만
누군가는 흙을 파먹고
누군가는 굶어 죽기도 했지만

그해 3월이 되자
이 땅에도 꽃은 피었지만
거리에는 거대한 구멍을 껌벅이는 노인들이
아이들을 잡아먹기도 했지만
그때는 그것이 너무나 흔한 일이었다고
할머니가 내 손가락을
빈 눈구멍에 집어넣고 이야기했지만

포장마차 수염

거나하게 취한 밤이었다 중학교 동창이 하는 포장마차 수염을 찾아갔다 친구는 수염을 기르고 있었다 포장마차 천장에는 고드름이 열려 있었다 우리는 따뜻한 정종을 마시며 담배를 피웠다 친구는 손님이 없을 때면 곤곤한 포장마차 지붕에서 긴긴 수염이 너풀거린다고 하였다 그 수염 속에서 주인 없는 그림자들이 나와 자꾸 외상으로 술을 달라는 통에 골치 아프다고 하였다 친구의 수염에 파란 고드름이 맺히고 있었다 나는 친구의 말을 듣고 피식 웃었다 다리를 걷어올렸다 털 하나 없는 맨종아리를 보여주며 나는 아직 털이 나지 않았다고 하였다 포장마차 안으로 머리 없는 바비 인형과 배가 터진 곰 인형이 들어왔다 그들은 생전에 연인이었는데 이제 곧 멀고 먼 다른 유성으로 떠난다며 친구에게 작별 인사를 했다 친구는 수염에 맺힌 고드름을 똑똑 분지르며 외상 장부를 들춰본 후 환한 얼굴로 잘 가라고 인사하였다 나는 천장에 열린 고드름을 분질러 맛을 보았다 소태 맛이었다 포장마차 천막에 너풀거리는 수염이 어리비쳤다 바비 인형과 곰 인형은 포장마차 지붕 위로 올라가 넘실대는 수염 속으로 들어갔다 밤새도록 지붕 위에서 감탕질하는 소리가 났다 철판 위에서 지글지글 내 종아리가 구워지고 있었다

코끼리

마당에는 종이 박스가 있었다 나는 온종일 햇볕 아래 앉
아 박스를 바라보았다 박스 속에는 엊저녁 엄마가 버린 내
장난감이 들어 있었다 나는 밤새 악당 로보트의 로케트 주
먹이 예쁜 바비 인형의 입에 꽂히고 레고 인형들이 창검을
들고 그 순한 토끼의 배를 가르는 것을 보았다 여왕은 코끼
리의 코를 잘라 목도리인 양 두르고 깔깔거리고 있었다 코
가 없는 코끼리가 비칠비칠 걸어와 그 커다란 귀로 내 몸을
덮어준 채 싸늘히 식어갔다 나는 코끼리의 귓구멍 속으로
들어가 밤새 웅크린 채 벌벌 떨었다 바다 건너 중동에 있다
는 아빠가 생각났다 나는 온종일 햇볕 아래 앉아 박스를 바
라보았다 대문이 열리고 희뿌연 모래바람이 불어왔다 박스
는 바람을 타고 둥실 떠올랐다 날아가며 사라지고 있었다
박스가 사라진 곳에는 빨랫줄이 있었고 바짝 마른 내 팬티
가 걸려 있었다 잠자리들이 팬티 속으로 들어가고 있었다
팬티는 점점 커지더니 날갯짓을 하였다 나는 팔짝팔짝 뛰
어 날아가려는 팬티를 거머쥐었다 바스득, 내 손안에서 팬
티가 부서져내리고 있었다 뿌우뿌우 산 너머에서 코끼리가
울고 있었다

바다를 건너는 코끼리
—유미에게

뱃머리를 부르던 푸른 달도 가라앉은 밤,
코끼리는 바다의 불안한 살결을 발라내
입안에 넣습니다.
얇게 저민, 바다의 살이 퍼질 때
그 많던 배들은 이제 어디로 갔습니까.
코끼리는 홀로 남아 눈을 감습니다.
당신의 이름을 부르려면 어떻게 해야 하냐고, 어떻게 해
야 하냐고,
뿌우— 뿌우—
코끼리는 웁니다.
그러자 바다는 하얀 포말로 뒤덮입니다.
하얗게 어두워진 바다가 메아리칩니다.
모든 배들이 사라져도 이 고통은 잊혀지지 않는다고,
손발이 꽁꽁 얼어버려 나 역시도 슬픈 꿈에서 깨어날 수
없다고,
온밤 바다가 출렁입니다.
포구의 창을 열고
코끼리는 그 어두움의 신음을 듣고선 해변으로 나갑니다.
코끼리는 발을 내밀고, 바다는 파도를 내밉니다.
큰 귀를 펼쳐 들썩이는 바다를 고요히 덮어줍니다.
긴 해안선이 코끼리의 귓속으로 흘러듭니다.
저토록 환한 바닷속에서 떠오르는
쓸쓸한 배의 기억과 뒤섞여 코끼리는 웁니다.

뿌우— 뿌우—
울며 푸른 달이 떠오릅니다.
이제 저 달을 향해 가지 않겠냐고,
세상에서 가장 긴 문장이 되어 흐르지 않겠냐고,
밤새 코끼리는 귀를 펄럭이며 울고
바다는 제 몸 깊숙이 파도를 삼키며 울렁입니다.
달은 더이상
지지 않을 것처럼 검푸르게 일렁입니다.

유령림

선생님은 살아남는 자는 늘 빠르다고,
나머지는 소심하기 짝이 없는 괴물이 될 수밖에 없다고
말씀하셨죠.
가로수마다 악저(惡疽)가 부풀어오릅니다.
그것을 오랫동안 바라보면
한때 우리가 작고 보드라운 묘혈*이었다는 것을 알 수 있
습니다.
선생님, 그때는 비가 와도 아무도 젖지 않았습니다.
눈을 감아도 이 세계에는 아무런 사건이 일어나지 않았
습니다.
선생님은 그 시절을 알고 계시죠?
선생님의 오래된 책에서 읽은 적이 있습니다.
하지만 그것은 꼭 비열한 추억의 정직함만 같습니다.
선생님, 비가 옵니다.
제 뼈보다 희고 굵은,
제 뼈보다 무겁고 뜨거운 비입니다. 투두둑,
우산살이 하나하나 부러집니다.
선생님의 그 오래된 풍경은 아직도 젖어 있나요?
선생님, 전 어린 시절 개에게 물려 죽을 뻔한 적이 있습
니다.
그때 아버지의 몽둥이가 한 치의 오차도 없이,
정확하게
개의 정수리를 내리쳤습니다.

개보다 나은 삶을 살아야겠다고 생각하지만,
개보다 큰 비명을 지를 수는 없을 것 같습니다.
먹장구름 사이 드문드문 빛나는 별은 죽은 개들의 안광
만 같습니다.
선생님, 저를 보세요.
온몸에 뿔을 꽂고 있습니다.
가로수 속으로 들어가 몸을 숨깁니다.
온몸을 비벼 악저를 파헤치면 작고 보드라운 묘혈
그 속으로 들어가 웅크립니다.
개가죽을 뒤집어쓴 채 흘러가는 세월을 봅니다.
비가 와도 젖지 않는 하얀 유령림이 됩니다.

* 이지형의 〈한때 우리는 작고 보드라운 꽃잎이었네〉에서.

아가리 속의 날들

오늘도 저 밖에는
왜 이렇게 많은 사람들이 갇혀 있습니까?
광장은 법과 질서로 원형감옥이 됩니다.
하지만 난 수인(囚人)들 속을 거닐 때마다
헤어진 애인을 만날까 두렵기만 합니다.
두려워,
라고 말하면 꼬리뼈가 엉치를 뚫고 자랄 것만 같습니다.
세상에서 가장 긴 꼬리를 가진 짐승이 되는 것.
서로의 꼬리를 잡고 도는 것.
꼬리를 잡고 돌고 돌아 하나의 입술이 되는 것.
하나의 입술들이 서로에게 닿는 것.
그것이 바로 사랑입니다.
그런데 그것은 왜 내게 불가능합니까?
오늘도 저 밖에는
입술은 없고 아가리만 가득합니다.
어린 시절
사람들의 입을 찢고 다니던 살인마에 관한 영화를 보았
습니다.
최후의 생존자였던 여자 주인공의 입을 찢고
만면에 웃음을 지으며
그는
스크린 바깥으로 사라졌습니다.
그렇습니다.

아가리가 더 커지니
악어새가 부러웠는지도 모릅니다.
하지만 난 왜 짐승도 못 된 채 수인(囚人)이 되어 있나
요?
그래 사람이다,
라고 말하면 이 꼬리는 손발 묶은 강삭(鋼索)이 됩니다.
이 감옥 속을 거닐다
헤어진 애인을 만난다면 내 입을 찢어
탈옥하겠습니다,
저 밖의 밖으로,
사라지겠습니다.

라 쿠카라차

당신은 실패한 혁명의 이름을 몇 개나 알고 있나요?
혁명이 진압될 동안
멕시코에 눈이 내리고,
여행자의 마리화나는 떨어지고,
신문은 두꺼워지죠.
당신께 말은 안 했지만, 실은
그날 밤 애인의 표정이 벌레가 되어 날아갔습니다.
손가락 데일 정도로 신문 속에서는 불길 들끓고 있는데,
그 벌레들은 어느 불구덩이 속에서 타 죽었을까요.
이제 그만 신문을 접으세요.
사람들이 사람들을 피해 땅속으로 들어가고 있습니다.
차라리 밤의 이마에 캄플 주사를 놓는 것이 어떤가요?
하루 사이 방바닥을 굴러다니는 애인의 머리칼을
하얗게 변색시키는 시간의 연은술(鍊銀術)처럼
우리는 조금 더 난폭해지고 조금 더 정교해졌어야 했죠.
이달고델파랄에서 프란시스코 비야가 죽었을 때
멕시코에 눈이 내렸을까요?
얼마나 많은 사람들이 같은 표정을 지었을까요?
보세요.
그 사람들의 수만큼 두꺼워진 신문들이 사방을 날고 있
습니다.
누런 신문지에서 활자들이 날아올라
밤보다 짙은 밤이 되어 내 눈을 덮습니다.

오늘의 일면 기사는 뭔가요?

해가 뜨면 왜 나만 다른 표정인 거죠?

맞아요, 실패한 혁명은 반란일 뿐이니까요.

나흘수산

나흘 동안 손님이 없었다.
나흘 동안 술 마셨고,
나흘 동안 죽은 혓바닥을 내밀고 있는 화초와 대화를 시
도했다.
혀를 뽑아 씹어 먹었다.
나흘 동안 미소국 끓였는데, 뜨거워지지 않았다.
나흘 동안 화면 속엔 정적이 흐른다.
정적 속에 주인 잃은 개 한 마리가 졸고 있다.
아총(兒塚)이 만든 그늘 아래 누런 눈곱이 쌓이고
나흘 동안 인생이 흘러간다.
개 대가리를 쓴 인생이 흘러간다.
보도블록 위에 죽은 넙치를 깔았다.
넙치는 죽고 굳어
내 뼈보다 단단한데
나흘 동안 쥐가 입맛을 다셨다.
거봐라, 나는 아직 멀었다.
감동도 희극도 되지 못한 채
나흘 동안 군침이 돌았고
웅크린 몸피는 더 작아졌다.
아직 말랑한 허벅지를 회 떠 안주 삼았다.
혀 없는 입안으로
육향분복(肉香芬馥) 퍼지는 나흘 동안 수십 번 바뀌는 계절
장단지 뼈에 붙은 살을 긁어모으며 씹으며

비극, 이라 되뇌어보지만
살점 다 뜯긴 다금바리는 죽지 않고 헤엄친다.
곡기를 끊고도 개는 살아 있다.
허벅살, 한 조각 집어들어 천장으로 던졌다.
구름은 얇고 반투명했다.
지금은 아마도 가을,
하늘이 높아 벌레처럼 납작 엎드렸다.
아아, 투명하다.

보이스 피싱

전쟁이 일어났습니다
폭동이 일어났습니다
텔레비전을 끕니다
사방에 쥐가 창궐해도
쥐가 사람들을 잡아먹어도
텔레비전 안의 자국(自國)은 이롭습니다
물러선 만큼 내일이 온다는데 나는 여기가 끝입니다
당신의 전화를 받습니다
당신의 목소리를 따라서 길을 걷습니다
날씨가 화창합니다
플라타너스는 말라붙었고
갈라진 페이브먼트에서는 타악기가 울고
화창한 하늘에선 굉음이 터집니다
뭐라고, 들리지 않아
조금 더 크게 말해봐
조금 더 크게 도시는 자라납니다
며칠 사이 여자들의 허벅지는 조금 더 얇아졌고
그만큼 치마도 짧아졌습니다
버스 정류장 앞 구멍가게가 폐업을 했습니다
대학 동창은 새 차를 뽑았습니다
배낭을 멘 자폐아들이 소풍을 가고 있습니다
아직 여름인 구월 중순입니다
당신은 왜 듣지 못하느냐고 불평을 합니다

다시 텔레비전을 끕니다
이제 당신 목소리가 잘 들리는군요
전쟁이 일어났군요
폭동이 일어났군요
눈을 감고 당신의 목소리를 상상합니다
수화기를 빼면 당신의 혀가 딸려옵니다
내일은 당신의 혀를 따라 길을 걷겠습니다

일요일들

고장 난 밥통의 밥이
조금 싱거운 콩나물국이 차갑게 뒤섞이는 아침이다.
식탁 위에서 김치와 약숫물이
서로의 색과 몸을 바꾸는 오전 열한 시 십오 분의 아침 식
사다.
태양이 가장 환하고 뜨거워질 때까지 숟가락질하다가
베란다로 나가면 투명해지는 이 몸은 창고다.
고통의 식량들이 층층이 쌓이는 창고.
조금은 덜 불행하고 조금은 덜 가난하도록
서로서로 다복하게 잘 섞이도록
담배를 피우고 뛰고 피우고 뛰고 피우고 뛴다.
고요한 고통들이 자유롭게 가슴속에서 자라난다.

하루 지난 신문을 보다가
분노할 줄도 슬퍼할 줄도 모르는 짐승 같아, 라고 적고선,
가난해서 천천히 당신을 만난다, 고 적고선
방 안에 틀어박혀
매시간마다 애인을 바꾸며 몽현간(夢現間)을 헤맨다.
내가 낳은 자식들은 모두 액체다.
시즙(屍汁)이다.
이 몸은 액상(液狀) 창고이고,
나는 그 많은 자식들 중 단 한 명의 얼굴도 기억할 수 없다.

온종일 텔레비전을 껴안고 지내던 아버지는 편육(片肉)
이 되었다.
태양은 온종일 뜨겁고 육즙은 말라붙었다.
뱃속에서 그것은 포식자가 된다.
텅 빈 밥통이 점점 더 뜨거워진다.
물 한 모금 마시고 베란다에 앉아 노을을 보고 있으면
배에 물이 차오르고
물이 끓고
물이 증발하고
텅 비어간다.
일요일은 한없는 정밀(靜謐)*이다.
이제 난 뒤로 말하리라.

* 이상의 소설에서.

붉은

이제는 더이상 붉은 수염이 자라지 않아. S가 쓴 M이 쓴 모든 책들이 스스로 사라진 서가에서 우리는 더 어둡게 화장을 하곤 하지. 그림자가 몸을 잡아먹는 시대야. 이웃집 새댁은 오늘도 현관문 앞에서 유치원에서 돌아올 두 아이들을 기다려. 두 아이들은 그녀의 아빠를 닮았어. 이사 오던 날 가족사진에서 보았지. 하지만 서로의 뱃속으로 수많은 낮과 밤을 쏟아부어도 이제 더이상 우리에게 유전되는 것은 아무것도 없어. 다시 또 게워낼 뿐. 시커멓게 탄 채로 식탁에 놓일 뿐. 왜 우리는 자꾸 태우기만 할까, 골몰하며 당신과 아빠, 당신의 아빠, 혹 아빠의 당신에 대해 생각해. 내가 당신의 아빠를 닮았으면 좋겠어. 붉은 수염을 기르고 광채 나는 루바시카를 입고 싶어. 하지만 왜 우리의 밥은 타기만 할까? 밥을 먹다보면 왜 그림자와 몸이 뒤바뀔까. 오늘따라 유치원이 늦게 파해. 이웃집 새댁은 아빠와 통화하고 있어. 식사는 하셨어요? 이번 추석에는 못 내려갈 것 같아요. 내가 꼭 이웃집 새댁의 아들만 같아. 문을 박차고 나가면 왜 내 그림자는 이토록 붉기만 할까. 왜 이웃집 따위는 사라져버릴까. 내장을 드러낸 채 서 있는 것만 같아. 드문드문 내장만으로 걷는 사람들. 아, 정말 봉기는 산책으로 시작될까?*

* 하이너 밀러의 「햄릿 기계」에서.

악흥의 한때

입을 꿰매고
당신이 창 앞에 기대어 서면

당신의 유선(乳腺)을 따라
유리창 부풀어오르고

얼어 죽은 고양이 등 위로
둥글게 쌓이는 눈을

걷어차며 뛰노는
인형들은 머리가 없고

당신은 젖꼭지가 없고
입이 없는 머리들이 꺄르르 웃고

퍽퍽,
온통 새하얗게 눈덩이 흩어지고

곰팡철
—동옥에게

개의 뱃속으로 들어갔다
텅 빈 내장에 개의 발자국을 찍으며
몇 번인가는 개처럼 울었다
장마철만 되면 벽에 시커먼 곰팡이가 펴서
아무도 집에 들이지 않는다고 했지만
나는 개의 뱃속으로 들어가
새벽마다 파랗게 번쩍이는 개의 눈동자를 보았다
개의 뾰족한 손끝에서 쏟아지던 개미 떼를 보았다
하늘 높이 쌓여진 의자들과
뻘뻘 검은 땀을 흘리며 의자 위로 올라가는 개미 떼
비명을 연주하는 악공

빙돌이 계단으로 연결되어 있던 옥탑방 방주에서도
문을 열 때마다 늘 다른 방이던 반지하 개미집에서도
말이다, 말이다
나는 가슴에 개처럼 보드라운 털이 돋아날 것 같았다
전깃줄에 매달려 낼름낼름 아이스크림을 먹는 배전공처럼
카우보이 모자를 쓴 술집 여주인이 내놓은 국적불명의 안
주를 씹으며
개나 먹으라지, 개나 먹으라지 하며
말이다, 말이다
개보다 나은 삶을 살기도
개보다 맛있는 시를 쓰기도 어렵다고 키득거리고 싶었다

차라리
개가 될 뿐
내 손에 시커멓게 핀 곰팡이를 뜯어먹을 뿐

고흥도, 대구도, 왕십리도, 전농동도, 서북도 집은 아니
어서
곰팡이 피고 개가 운다고
자꾸만 집으로 가기 위해 몇 년을 허비한다고
그렇게 걷다보면 발바닥이 간지럽다고
그건 공기의 깃털 때문이라고
웃어도 비명일 뿐이라고
몇 년을 곰팡이와 싸우고 개처럼 울며 써도
우리의 문장은 끝나지 않는다고
확신도 없고 주장도 없고 의문도 없고 언어도 없다고
문장이 끝나지 않으니
친구도 없고 스승도 없고 부모도 없고 우리도 없다고

오늘은 이 높다란 정수리까지 곰팡이가 피어올라왔고
물, 흐르고
개, 울고
개의 뱃속은 여전히 텅 비어 있고

우기(雨氣)
—대경에게

너는 원숭이 가면을 쓰고
돌 속에서 걸어나왔다

오늘 밤, 비 쏟아지고
사내들은 하수구 뚜껑을 받쳐 들고 골목으로 사라지고
방 모서리에 쭈그려 앉아 빗물 토해놓고
물이 되어 서로 몸을 섞고
엄마가 아빠가 되고
아빠가 엄마가 되고
어디선가 비 쏟아지고
어디선가 별 쏟아지고

너는 작고 말라빠진 네 몸을
나뭇가지 위에 앉히고선
이 쏟아지는 것들이
너의 모든 것들이 낯설어질 때까지
그리고
그 낯섦들이 아름다운 악몽의 골격이 될 때까지
장대비가 기둥이 되어
끝끝내 검은 하늘을 떠받칠 때까지
끝끝내
네가 재가 될 때까지
나뭇가지 흔들어 시를 쓰고

오늘 밤, 비 쏟아지고
비가 돌 속에 새로운 언어들을 새기고
원숭이 가면을 쓴 네가
또다른 너를 토해놓고
오늘 밤, 비 쏟아지고
너는 밤새
빈 주머니 속
돌을 감아쥐며 빗물을 짜내고
빗물 묻은 양손으로
네 얼굴을 감싸쥐면
네 얼굴,
차가운 연기가 되어 사라져가고
그렇게 재가 되고
헛것이 되고

마침내 네가 원숭이 가면 속으로 들어가고

거미의 집

골목마다 웅크린 차가운 빛의 알갱이들. 저 한 떼의 시간
이 흐르고 나면 당신의 가슴도 텅 빈, 말라비틀어진 두 개의
주머니에 불과하겠지. 이제 여기에 무엇을 담을 수 있을까,
쓸쓸하고 고통스럽게 들춰보며 당신은 당신이 좋아하던 뾰
족한 지붕이나 분홍빛 솔, 따뜻한 마늘빵 같은 것들을 고요
하게 바라보겠지. 의자는 날이 갈수록 우울해지겠지. 모자
를 삐뚜름히 쓴 늙은 우체부가 페달을 밟으며 당신에게 다
가와 귓속으로 뜨거운 입김을 불면, 당신의 주머니는 쓸쓸
한 짐승의 꿈으로 부풀어오르겠지. 당신이 포옹했던 모든
것들이 절벽이 되겠지. 그때면 모두 죽어 침대 속에 숨겨두
었던 우리의 귀마저 멀고 언어의 부스러기들만 창백하게 빛
나고 있겠지. 당신은 시인처럼 몇 해 동안 몸속에 품고 있던
돌멩이를 끄집어내 햇볕에 비춰보며 돌의 핏줄이라든가 국
적 따위를 읊겠지. 그러고는 골목 구석 쥐새끼처럼 검고 작
고 털이 보송보송한 당신의 시간을 향해 내던지겠지. 이제
막 익기 시작한 열매들을 가득 품은 정원은 쏟아지는 햇볕
속으로 천천히 걸어가고 마을은 혼자 불타오르다 구름바다
위로 떠오르고, 당신은 철학자처럼 눈을 껌벅이며 바라보다
희미하게 희미하게 귀가 없는 자들을 위한 노래를 부르겠
지. 그러고는 당신의 눈동자와 혀와 흰 손가락과 여윈 종아
리를 당신의 주머니 속에 담겠지. 정오를 달려가는 악몽이
거나 혹은 무덤이 되겠지. 이윽고 성난 시간의 쥐들이 당신
을 깨물면 당신의 텅 빈, 말라비틀어진 두 개의 주머니의 결

을 이루던 거미줄은 찢겨진 채 너풀거리겠지. 더이상 그 어
떤 것도 걸려들지 않겠지.

서정의 한계 내에서의 향락

신진숙(문학평론가)

김안 시인에게 육체는 서정이다. 그의 서정은 향락적 육체와 '함께' 체류한다. 항문과 성기, 질과 꼬리를 지닌 외설성이 서정과 결합한다. 그가 꿈꾸는 서정이란 어쩌면, "고통 자체에서 과도한 쾌락을 구하는 역설적 상태"(슬라보예 지젝, 『그들은 자신이 하는 일을 알지 못하나이다』)와도 같은 어떤 것이다. 그의 시는, 서정이 서정이기 위하여 억압해야 했던 타나토스적 감성들로 들끓는다. 하여 직관을 통한 서정적 조화는 한순간 무너진다. 죽음 충동에 사로잡힌 불가능한 주체들이 세계와 자아 사이의 틈을 뚫고 돌아온다. 그러나 그것은 언제나 서정의 한계 내에서이다. 서정과 향락은 하나의 몸이자, 하나의 음악이다. 서정은 자기 안에 기입된 향락을 제거하지 않는다. 향락은 서정의 적대이자 동지이다.

바로 그 점이 김안 시인의 시를 하나의 의미체계로 규정지을 수 없는 이유이다. 가령 그의 시적 주체는 단일한 감성으로 존재하지 않는다. 슬픔과 환희가 결합하고 향락과 음악이 공존한다. 아름다움과 고통은 하나의 언어가 된다. 나는 그것을 절대적인 불화의 감성이라고 말하고 싶다. 시인은 끊임없이 거부하며, 또 탈구된다. 그가 어느 것도 추억하지 않는다는 것이 그 증거이다. 어떤 추억도 그를 위로할 수 없다. 기억에 대한 혹은 사랑에 대한 상상계적 합일은 불가능하다. 시인은 이 장애를 두려워하지 않는다. 불가해한 기억들, 세계의 이면에 도사린 잔인한 외설적 명령들, 실재 그 자체, 시인은 그 어떤 것과의 대면도 피하지 않는다. 시는 이 조우에 대한 기록이다.

그렇다면 이것은 서정을 위태롭게 하지 않는가. 그의 시는 때때로 언어의 발화와 무화(無化)를 동시에 향하곤 한다. 그러나 말하면서 동시에 말하지 않는 것이 과연 가능할까. 그것은 마치 분열증과 우울이 함께 공존할 수 있는가 하는 물음과도 같다. 아무것도 지시할 수 없는 말들이 어떤 장소의 (비)의미들을 개방하고 또 의미를 생성시킨다. 그는 언어를 잃어버리는 바로 그 순간 언어를 갖는다. 언어 상실의 멜랑콜리와 분열적 폭로가 반복된다. 그리고 바로 그 순간 음악이 태어난다. 그것은 시인이 꿈꾸는 어떤 말의 신비들과 깊이 연루된다. 무엇이 이 모순을 만드는가. 도대체 시인은 무엇을 궁극적으로 이야기할 수 없으며 또 이야기하고 싶어하는가. 말하자면 그는 아무것도 말하지 않으면서 누군가 그것을 발견하기를 바라는 역설적인 상황에 빠져 있다.

신비를 연주하는 언어

어젯밤 나는 내가 너무 좋았습니다
당신의 손자국이 붉게 흘러내리는 뺨을 감쌌더니 어느새
내 손은 당신의 손이 되어 내 목을 졸랐습니다 밤새

도록
　　당신의 귀에 대고 소리를 지른다 해도
　　누가 내 입을 막겠습니까
　　이 입은 당신의 신비를 담은 가방이었습니다
　　가방 속으로 당신의 손을 넣었더니 내 손이 사라집
니다
　　손이 사라지는 소리를 당신의 귓속으로 넣으니
　　가방이 부풀어오르고
　　나는 녹색이 됩니다
　　이것이 신비일까요 하지만
　　눈을 감았다 뜨는 매 순간마다
　　나도 늙고 당신도 늙고 세상은 간결해집니다
　　신비가 없다면
　　신(神)도 없고 세상도 없고 사랑 따위도 없습니다
　　가방은 텅 비겠지요
　　누구도 가난하지 않은 따뜻한 무덤이겠지요
　　당신의 발가락을 물면
　　내 입은 언제나 철썩이는 물의 살갗이었습니다 그저
　　당신의 물고기였던 때의 이야기일 뿐이지만요
　　나는 눈을 감습니다
　　내 방 안 가득 당신의 머리칼이 빛바래는 소리 이제
　　신비가 사라졌는데
　　내 손을 찾을 수 없는 것은 무엇 때문입니까 밤새도록

　　당신의 신비는 부풀어오르고
　　가방 안은 내 머리들로 가득해 텅 비어갑니다
　　　―「버려진 말의 입」 부분

　이 시는「버려진 말의 입」이라는 제목으로 변주되는 시들
중 하나이다. 그의 다른 시에서와 마찬가지로, 이 시 역시
하나의 불가해한 모순이 기입되어 있음을 알 수 있다. 즉,
"어젯밤 나는 내가 너무 좋았습니다"와 "가방 안은 내 머리
들로 가득해 텅 비어갑니다" 사이에서 발생하는 균열. 그것
은 하나의 존재 내부에 존재하는 어떤 공모, 일테면 신비와
죽음이 함께 표류하는 풍경이다. 신비는 "무덤"에서 탄생
한다. 육체를 상실하는 것과 신비를 회복하는 것은 같은 일
이다. 그것은 언어도 마찬가지다. 언어가 사라지지 않는다
면 언어의 중핵들은 만질 수 없다. 신비는 "버려진 말"이다.
(말의) 죽음이 (말의) 신비를 만든다. 즉, 신비는 언어 이전
의 언어와 같다. 내가 나라는 하나의 상징을 가지기 이전,
그저 내가 "당신의 물고기"로 살아 있었던 기억들이 신비
의 장소이다. 때문에 신비는 세계를 소멸시키고 또 생성시
키는 힘이다. 그러므로 시인은 "자꾸만 손가락이 없어지던
(는) 계절"(「동지(冬蜘)」)을 산다.
　그러나 신비는 오지 않는다. 그것은 불가능한 언어들의
무덤이다. 만일 누군가 신비의 입구에 도달한다면 그는 이
미 말할 수 없는 자이다. 언어를 통해 포착할 수 없는 세계

를 기록할 수 있는 사람은 없다. 모든 풍경이 갑자기 해독 불가능한 어떤 것으로 변하고 만다. 보이지만 이해할 수 없고, 들리지만 해석할 수 없는 이미지들이 그의 앞에 펼쳐진다. 의미의 동심원을 그릴 수 있는 어떤 종류의 원근법도 안전하지 않다. 풍경은 창조되는 것이 아니라 조우하는 것이다. 어떤 맥락도, 얼굴도 없이 문득 어딘가에서 듣고야 마는 "목소리" 혹은 "교성"처럼.

　　우리는 목소리만 남았다. 우리의 목소리에는 너의 호흡과 앞집 창부의 교성만 남았다. 우리는 늘 서로를 잃었다. 야채처럼 솟아나는 음악들. 때론 너무 많은 악기가 우리에게 있다. 파아란 파란 밤이다. 구부정한 어깨의 늙은 갖바치가 너의 문을 두드린다. 너가 문을 연다. 우리는 느낀다. 우리를 숨 쉬는 밤을. 부서진 지붕을 떠도는, 창문을 때리는 밤의 언어를. 밤의 언어의 횡포를. 창부는 브래지어를 풀며 퀭한 눈으로 나를 쳐다본다. 창부의 턱에서 수염이 자라난다. 밤의 언어를 뒤집어쓴 우리의 음성은 왜곡된다. 너와 창부의 비명이 터진다. 뼈와 공기뿐인 비명. 퍼런 녹이 슨 창부의 음문 속으로 나는 들어간다. 너의, 창부의 몸속으로 밤이 퍼진다. 파란 공기에 휩싸인 물기 없는 창부의 얼굴이 가볍게 일그러진다. 너가 눈을 감는다. 거리가 개처럼 짖는다. 내가 눈을 감는다. 파아란 파란 밤이다. 너무 많

은 악기가 개처럼 짖는다. 우리의 썩은 몸에서 야채처
럼 음악이 솟아난다.
　　　—「파란 밤」 전문

　이 시에서 말하듯, "밤의 언어를 뒤집어쓴 우리의 음성은
왜곡된다." 시인이 조우한 신비를 설명할 수 있는 언어는 없
다. 그것은 한밤에 듣게 되는 낯선 "교성"과도 같다. 두려움
과 외설적 욕망을 동시에 환기하는 그 "목소리" 앞에서 누
구도 움직일 수 없다. 그것은 맥락이 없으므로 비현실적이
며 죽음 없이 상상할 수 없으므로 고통스럽다. 그러나 그것
은 거부할 수 없는 향락이다. 비명과 사랑, 향락과 죽음이
하나로 합쳐져 일순간 세계는 괴상하게 "일그러진다." 그러
나 이 일그러진 왜곡이 곧 신비의 중핵이라면, 폭력적인 향
락적 유혹이 신비 그 자체라면 어떻게 할 것인가. 즉, 신비
란 숭고이면서 동시에 가장 잔혹한 향락이다. 신비와 향락
은 구분되지 않는다. 향락적 죽음이 없다면 신비는 없다. 그
러므로 신비와 만나는 자는 자기 자신을 유지할 수 없다. 그
는 결국 파괴되고 만다. 어떤 언어 혹은 감각으로도 이해할
수 없는 것이 있음을 인정하는 그 순간, 그는 더이상 자신이
아닌 존재, 가 되었음을 깨닫게 된다.

잉여악기(들)

바로 그 점에서 신비의 주체는 하나가 될 수 없다. 주체는 한없이 분열된 주체이다. 그것은 하나의 유기체적인 주체와는 거리가 멀다. 시적 주체는 사물들과 풍경, 보다 엄밀히 말해 타자들을 의미화할 수 없다. 주체는 타자를 구성하는 존재가 아니다. 타자와 주체는 하나의 몸처럼 움직인다. 그러나 그 둘 사이에는 어떤 동일성도 존재하지 않는다. 삭제할 수 없는 차이가 기입된다. 차이는 장애이면서 동시에 어떤 통로이다. 벌어진 틈 속에서 의미들이 통과한다. 흘러간다. 그 순간 주체는 악기(들)이다. 음악을 연주하지만 그 무엇도 연주할 수 없는 악기. 말하자면 잉여—악기(들).

우리는 아무렇지 않게 그 짓을 했지요 당신의 항문으로 들어간 검은 구름이 내 입 밖으로 나왔지요 나는 좀 더 당신을 알고 싶어 당신의 구멍 난 일기장을 털었지요 일기장에선 샛노란 오줌이 튀었지요 나는 미간을 찌푸리고서 부끄럽게 동그랗게 입을 벌렸지요 퍼내도 퍼내도 끝없는 당신 나를 채워주세요 가득 차오르게 해주세요라고 당신의 일기장 귀퉁이에 적었지요 우리는 아무렇지도 않게 그 짓을 했고 당신이 내 이름을 부르면 늘 내 귀가 떨어졌지요 귀를 들어올려 창백한 햇살 쏟아지는 창에 대면 꿈틀꿈틀 검고 긴 음악이 흘러나왔지요 그 음악을 듣다보면 오줌이 마려웠지요 나는 배배

다리를 꼬고 음악이 끝나길 기다리지요 일기장의 구멍
에서 당신이 나오지요 나를 채워주세요 퍼내도 퍼내도
끝없는 당신 당신은 작고 노란 손을 내 방광 속에 집어
넣어요 당신의 손가락은 물고기가 되어 내 방광 속을
유영하지요 음악은 음악은 내 입으로 들어가 당신의 항
문으로 나오지요
　—「흔들리는 구름」전문

　이 사랑은 제도적 성의 입장에서 본다면 아무것도 하지
않는 '비행위'이다. 그것은 상징계적 질서에 대한 위반이다.
즉, 김안 시인이 상상하는 시란 상징계가 억압한 언어들의
세계로서, 억압된 언어의 귀환을 알리는 위반의 텍스트이
다. 그것은 (비)행위로써 세계에 충격을 가하는 시의 역설
적 행위라고 말할 수 있다. 일테면 시인이 보여주는 어떤 불
가능한 사랑의 행위 혹은 향락적 육체는 이 위반의 과정을
의미한다. "항문으로 들어간 검은 구름"과 "방광 속을 유영
하는" 당신의 손가락은 상징적 의미를 부여받지 못한 혹은
그것을 거부하는 위반의 언어이다. 그것은 지젝이 말한 바
실재와의 조우에 가깝다.
　이때 실재란 상징 안에 존재하는 '잃어버린 사물의 잔여'
로서, '생활—세계에 젖어들기 위해 포기해야 하는 것, 결국
유령적 환영으로 되돌아오는 것'을 의미한다. 생활—세계의
상징적 지지대를 상실한 채 분광적 환영 속에서 재귀하는

것들. 따라서 상징적 체계로부터 비껴난 언어야말로 삶의
본질을 들려주는 또 하나의 악기, 상징계 속에 기입되었으
나 탈락한 '잉여—악기(들)'이다. "조여드는 언어의 항문을
느껴본 적이 있나요? 그 속은 깊고 어둡고 사랑스럽고 싱싱
해요 낮에 선포되는 언어들은 모두 늙어 이빨 빠진 창부 같
아요"(「언어들」)라고 말할 때, 그것은 다른 언어, 잉여—악
기를 의미하는 것이다. 그것은 연주되지만 언어가 없고, 소
리가 있으나 해석될 수 없다. 그것은 어떤 종류의 교환체계,
즉 "노동하는 동물들뿐인 비굴한 밥의 세계"(「시(詩)」)에
기재될 수 없는 음악의 세계를 향하기 때문이다. 아마도 김
안 시인이 꿈꾸는 음악이 그와 같지 않을까.
　그런데 이러한 위반은 외부 세계에만 국한되지 않는다.
어떤 강도의 위반은 그 위반의 주체 내부를 파열시키는 데
까지 나아감으로써 완성된다. '나'라는 이름의 상징마저 거
부하지 않으면 안 되는 순간이 온다. 김안 시인은 이러한 비
주체의 주체화를 물질화한다. 말하자면, 살아 있는 하나의
육체 속에 비주체들의 주체성이 나타난다. 가령 나는 "우
리"이다. '나'와 '너', 즉 주체와 타자는 모두 하나의 음악,
하나의 육체이다. "당신의 항문으로 들어간 검은 구름이 내
입 밖으로 나"오고, "음악은 내 입으로 들어가 당신의 항문
으로 나"오게 되는 것처럼, 나는 악기를 연주하는 모든 육
체와 연결된다. 주체와 비주체의 경계선이 무너진다. 주체
는 언제나 이미 그 자신으로부터 탈선한다. "나는 하나이고

둘”(「성모송」)이다. 그리고 “한 번도 울려본 적이 없는/ 음
계들”(「연인들」)이 태어난다.

  즉, 시인이 “부풀어오른 내 등을 깨고 낯모를/ 수면(獸面)
이 쏟아져나온다”(「버려진 말의 입」)거나 혹은 “나는 두 개
의 입이 있는 풍경입니다”(「버려진 말의 입」)라고 말할 때
그것은 바로 이러한 상태에 대한 고백으로 비춰진다. 이것
은 어떤 고정된 정체성과는 거리가 있다. 그것은 탈정체화
된 흐름이다. 주체를 정립할 수 있는 어떤 정해진 하나의 이
름 혹은 기호는 없다. 있다면 그것은 환영적으로 그럴 수 있
을 뿐이다. 그런 의미에서 시적 주체의 “몸은 액상(液狀) 창
고”(「일요일들」)가 아닐는지. 나는 이것이 신비에 근접하는
자에게 부여되는 하나의 숙명이라고 생각한다. 그는 “주어
(主語) 없는 달짝지근한 말들”(「버려진 말의 입」)의 주인으
로 그 어떤 언어의 주어도 소유할 수 없다.

  이 모든 주체의 배경에는 신비와 그것이 지닌 외설적 명령
이 존재한다. 신비는 숭고한 것이면서 동시에 불가능한 것
을 요구하는, 해석할 수 없는 하나의 향락적 외상이기 때문
이다. “당신과 나의 등에서 헤아릴 수 없는/ 수많은 터럭들
이 자라나는 소리”(「버려진 말의 입」)가 들리는 이상한 풍
경들은 바로 이러한 맥락들 속에서 탄생한다. 일테면 음악
은 “당신과 나의 비명이 만든 입”(「버려진 말의 입」)이다.
물론 이 외상이 음악을 낳고 또 사랑을 출발시킨다는 사실
은 변함없이 옳다. 서정이라는 한계 내에서 향락이 어떻게

살아남고 또 연주되는지를 알 수 있는 대목이다.

불가능한 출발

　김안 시인의 시를 읽는 동안 더 많은 질문들이 있었지만 그것은 이제 하나의 물음으로 축소된다. 시인이 무엇을 진정으로 출발시키는가. "작게 섬세하게 헛되고 아름다운 노래"(「거의 모든 아침」)를 듣기 위하여 시인은 무엇을 출발시키는가, 그리고 그것은 왜 가능하지 않은가, 불가능한 것의 추구는 어떤 미학적 몸짓인가.

　그 중심에 음악에 대한 추구가 놓여 있다. 즉, 김안 시인은 언어를 통해 음악을 꿈꾼다. 모든 단어들이 하나하나의 음악이 되고 그 소리만으로도 영혼의 심금을 울릴 수 있는 그런 음악. 그는 말했다. "가장 중요한 사실들은 문장으로 기억되지 않는다"(「보뮈뉴에서 온 사람」)라고. 문장이 될 수 없는 감성들에 사로잡힌 순간 시인은 말을 잃는다. 그리고 음악을 꿈꾸게 된다. 그러나 음악은 이미 미세한 균열들로 가득하다. 언어를 통한 음악의 추구는 불가능하기 때문이다. 서정이란 음악을 생성시킬 수는 있지만 음악 그 자체는 아니다.

　그럼에도 시인은 이 불가능한 추구를 멈출 수 없다. 기실 모든 아름다운 음악은 언제나 두 겹이다. 아름다운 조화 아

래에는 언제나 그보다 더 다급하고 갈급한 향락에의 요구가
자리한다. 만일 이 파괴적 고통이 없다면 음악은 단지 기계
적인 선율에 불과할 것이다. 음악이 어떤 상징적 질서 없이
언제나 다른 무엇인가를 환기하고 또 자극할 수 있는 것은
다 그 때문이다. 김안 시인이 추구하는 서정도 그러하다. 그
가 꿈꾸는 서정은 서정보다 더한 서정으로서, 그는 향락적
요구들을 부인하지 않음으로써 서정을 배가(倍加)시킨다.

당신은 나를 향해 몸을 벌려요 나는 그것이 사랑이
아닌 것을 알고 있지만 어느새 내 얼굴은 녹색이 되어
요 당신이 몸을 벌리면 파르르 서리 낀 창이 흔들려요
방 전체가 하얀 서리들로 가득 차요 밤이 거짓말을 하
기 시작하고, 당신의 벌어진 몸에선 노래가 흘러나와
요 나는 이 노래를 알고 있지만 아무리 불러도 첫 소절
로만 돌아갈 뿐이에요 나는 이 노래의 끄트머리에 뱀과
쥐들, 개와 파리들이 가득하다는 것을 알고 있어요 나
는 당신의 노래를 움키고 당신의 푸른 질 속으로 손을
집어넣어요 온갖 은유를 만져요 제발 나를 안아주세요
베어 먹지 않을게요 제발 나를 안아주세요 베어 먹지
않을게요 당신은 사려 깊은 장님처럼 내 손을 빼내어
당신의 입안으로 넣어요 아직 나의 고백은 끝나지 않았
는데 당신의 입안에서 내 손이 사라져요
　—「서정적인 삶」 전문

그에게 서정은 세계 앞에서 가장 무력하지만 동시에 또한 시인이 가장 거부할 수 없는 향락이다. 그것은 아무것도 할 수 없는 사랑이며 무엇이든 안을 수 있는 육체이다. "그것이(은) 사랑이 아닌 것을 알고 있지만" 영원히 불리는 사랑의 노래이다. 그러므로 "나의 고백은 끝나지 않"는다. 시인은 서정의 "푸른 질" 속에서 언어를 만진다. "뱀과 쥐들, 개와 파리들"이 가득하여도 은유의 육체를 포기할 수 없다.

그러나 시인은 예상이나 했을까. 이것이 얼마나 충격적인 언어일지. 이것은 그야말로 서정이 서정으로 존재하기 위하여 부인해야 했던 어떤 것에 대한 부정이다. 일테면 그것은 서정의 "불가능한 체위"(「소나기」)와도 같다. 그리고 그것은 어떤 외상 없이는 상상할 수 없다. 가령, "창을 넘어온 삼촌들이 면도 안 한 턱을 너의 볼에 부"비고, 나는 너의 "얕은 고함"을 듣기만 할 때의 폭력적인 경험(「소나기」), "매부는(가) 빨간 손을 내밀어 내 성기를 움켜쥐곤"(「글루미 선데이(Gloomy Sunday)」) 하는 일에 대하여 시인의 서정은 한없이 무기력하다. 그러나 서정은 바로 이 지점에서, 즉 타자의 욕망과의 외상적 조우 속에서 탄생한다는 것이 김안 시인의 생각이다. 즉, 외상의 승화란 외상을 지워버리는 것이 아니라 정확히 바로 외상과 '함께' 존재함으로써 발생한다. 외상은 제거되는 것이 아니라 상징계적 질서로부터 탈루된 잔여물로서 그것은 설명 불가능한 의미의 공백이다. 시인은

이 공백들을 메우는 자가 아니라 정확히 이 공백 자체이다.

> 모자를 삐뚜름히 쓴 늙은 우체부가 페달을 밟으며 당신에게 다가와 귓속으로 뜨거운 입김을 불면, 당신의 주머니는 쓸쓸한 짐승의 꿈으로 부풀어오르겠지. 당신이 포옹했던 모든 것들이 절벽이 되겠지. 그때면 모두 죽어 침대 속에 숨겨두었던 우리의 귀마저 멀고 언어의 부스러기들만 창백하게 빛나고 있겠지.
> ―「거미의 집」부분

이것은 하나의 공백에 대한 시적 접근이다. 공백은 새로운 풍경을 생산하기 위하여 부풀어오른다. 모든 사랑이 불가능으로 판명 난 뒤에도 시들이 쓰일 수 있는 것은 바로 그 때문이다. 서정은 죽음 이후가 아니라 죽음의 공백 그 자체이다.

그럴 때 시인은 무엇을 할 수 있을까. 나는 김안 시인의 진정성은 이 외상적 조우를 피하지 않는 것에서 출발한다고 생각한다. 누가 외상을 덮은 환상의 덮개를 상실하는 것을 두려워하지 않을 수 있을까. 다만 그 두려움 앞에서 두 눈을 감지 않으려 할 때 시적 진정성이 발생한다. 서정은 세계에 어떤 심오한 의미를 부여하는 행위가 아니라 의미 없는 실재 자체와 대면하는 것이다. 이것이 바로 시인이 말한 "늑골 속에서 칼이 자라는 긴 칼의 밤"(「긴 칼의 방」)이리라. "종종 우리의 비명은(이) 벽 속에 갇혀버"(「유령들」)리는 그런 때에도 그 아픔이 "아름다운 악몽의 골격이 될 때까지"(「우기(雨期)—대경에게」) 시인의 두 눈은 이 어둠과 조우하는 것을 피하지 않을 것이다. 이 아름다운 시구들을 보자,

> 우리의 뺨에 가는 금이 가기 시작한다 우린 서로의 뺨을 움켜쥔다 가슴속에 자라던 비명이 파랗게 서로의 손을 물들인다
> —「북극의 연인들」 부분

이는 바로 이런 아픔에 대한 응시 속에서만 자랄 수 있는 하나의 성찰이다.

김안 시인에게 외설적인 초자아의 명령은 언제나 이미 서정의 정명이기도 하다. 육체란 바로 이 서정의 공백(the void), 서정 안에 기입된 불가능성에 다름 아니다. 김안 시인은 바로 이것, 서정보다 더한 서정, 외상적 향락으로서의 서정을 쓴다. 그것은 그의 시 깊은 곳에 자리한 외상에 대한 대면 속에서 만들어진다. 누가 과연 두려움이나 슬픔 없이 자신의 공포를 들여다볼 수 있을까. 김안 시인은 눈을 감지 않는 조건으로 말을 잃는다. 언어를 상실한 조건으로 그는 시를 부여받고 또 음악을 연주한다. 그러므로 그의 시는 편안하지도 조화롭지도 않다. 조화와 균형은 그의 시와 가

장 먼 거리에 존재한다. 만일 그의 시가 하나의 음악이라면, 그것은 가장 고통스럽고 아름다운 음악일 것이다. 그러므로 그에게 서정은 언어의 파국이자 언어의 진정한 출발이라고 말할 수 있다.

모든 것이 여전히 잠재적으로만 존재한다. 그러나 누군가는 분명 그의 시를 통해 삶의 중핵인 잔혹한 고통과 대면할 수 있는 용기를 가지게 될 것이다.

김　안　1977년 서울에서 태어났다. 2004년『현대시』를 통해 등단했다. 인하대학교 한국어문학과 및 동대학원 석사과정을 졸업했다. ‘인스턴트’ 동인으로 활동했으며, 현재『현대시』편집장이다.

문학동네시인선 009
오빠생각
ⓒ 김안 2011

1판 1쇄 2011년 10월 10일
1판 4쇄 2019년 10월 21일

지은이 | 김안
펴낸이 | 염현숙
책임편집 | 김민정
편집 | 정세랑 이수영
디자인 | 수류산방(樹流山房)
본문 디자인 | 유현아
마케팅 | 정민호 박보람 나해진 최원석 우상욱
홍보 | 김희숙 김상만 오혜림 지문희 우상희
제작 | 강신은 김동욱 임현식
제작처 | 영신사

펴낸곳 | (주)문학동네
출판등록 | 1993년 10월 22일 제406-2003-000045호
주소 | 10881 경기도 파주시 회동길 210
전자우편 | editor@munhak.com
대표전화 | 031) 955-8888 팩스 | 031) 955-8855
문의전화 | 031) 955-3576(마케팅), 031) 955-2678(편집)
문학동네카페 | http://cafe.naver.com/mhdn
북클럽문학동네 | http://bookclubmunhak.com

ISBN 978-89-546-1605-8 03810

* 이 책의 판권은 지은이와 문학동네에 있습니다. 이 책 내용의 전부 또는 일부를 재사용하
  려면 반드시 양측의 서면 동의를 받아야 합니다.
* 이 도서의 국립중앙도서관 출판예정도서목록(CIP)은 서지정보유통지원시스템 홈페이지
  (http://seoji.nl.go.kr)와 국가자료공동목록시스템(http://www.nl.go.kr/kolisnet)에서
  이용하실 수 있습니다. (CIP 제어번호 : CIP 2011004032)
* 이 시집은 2006년도 한국문화예술위원회 문예진흥기금을 수혜하였습니다.
www.munhak.com

문학동네